中村老師教你
100%攻略單篇閱讀、多篇閱讀！

User's Guide
本書的 使用說明

本書整理出新制多益閱讀第七大題（單篇閱讀、多篇閱讀）的解題技巧，並提供貼近正式考試的練習題，以學習有效率的解題法作為書籍主軸，因此建議讀者按頁次順序閱讀。書中各練習題皆附上詳細解說，不論是你答錯還是答對的題目，都請仔細閱讀，因為這將有益於增加相關知識，幫助你順利攻頂多益考試。

Step 1. 了解出題趨勢概要

多益考試近年來已進行改制，因此，在進入解題技巧教學以前，請先翻至P.011，由從未缺席多益考試的中村澄子老師給你最新、最有價值的多益考試情報，針對第七大題概要完整解說，讓你掌握出題趨勢，有效率地分配時間！

Step2. 在Chapter1中學習各文章種類的攻略方法

開始進入第七大題各出題文章類別（E-mail、信件、報導）的攻略方法。無論是雙篇閱讀題（閱讀2篇文章後作答）或全新增加的多篇閱讀題（閱讀3篇文章後作答）的解題方法，本書都會在這個部分細細講解，讓你抓到重點——文章及題目，應從哪個部分先閱讀？閱讀題目時應該注意哪些地方？將這些解題訣竅學起來，答題自然又快又準！

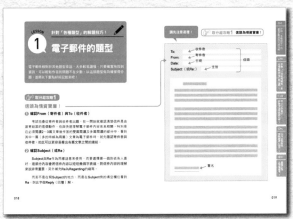

Step3. 在Chapter2中針對各提問模式一一突破

在此章節中，我們將會教你破解「關鍵字作為提示的關鍵字題型」，或者「選擇文章中沒提到的內容的NOT題型」等，解說每次考試都會出題的提問模式重點，如此一來，真正看到這類考題時就能直覺作答，瞬間秒殺！

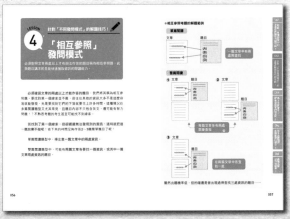

Step4. 循序漸進，挑戰難度愈來愈高的練習題

光說不練是拿不到好分數的！本書從Chapter 3開始，提供了許多幫助記憶、練習熟能生巧的題目，測試自己的學習吸收程度；接著循序漸進，在Chapter 4時考驗你是否抓到訣竅，確認已將考試必備知識牢記，因此進入挑戰稍微有點難度的題目；最後在Chapter 5當中，給你最貼近真正考試時的臨場感，以匯集了與正式考試難度相近的練習題，並標示上理想的解答時間，邊計時邊答題，享受由緊張感和刺激感帶給你的答題新體驗！

文章

問題及選項

於翻譯中標示提問重點

詳盡解說

註釋

atmosphere（氣氛、環境）	outstanding（卓越的、出眾的）
luxury（奢華的、豪華的）	accept（接受）
application（申請書）	renter（房客）
move（搬家）	attached（附屬的）
view（景象、視野）	available（可用的）
secure（守備森嚴的）	exclusive（專用的）
premises（房地產）	income verification（所得證明書）
credit history（信用報告）	

6分

作答此題使用的目標時間

身歷其境模擬考閱讀練習 ❼　　**6分**

Questions 26-30 refer to the following Web page, review, and e-mail.

https://www.kannaiselectronics.net

Kannais Electronics

Home　About　Shop　Login　New Items

Voted #3 in functionality in consumer survey at ZSconsumertech.com.

Starting from only $1,200

KS700 Smartwatch

✦ Surf the Web
✦ Make Appointments and reminders
✦ Send e-mails
✦ Play music
✦ Make phone calls [ranked #1 in sound quality]

In addition, the watch offers:

✓ Hands-free usage
✓ Variety of colors

(Styles created in partnership with Hemani Zone, Inc., makers of fine jewelry)

Compatible with all Kannais Electronics products and services
Protected by 2-year warranty on all internal components

Minden Lifestyle Magazine
April 26 Edition

Hasheem Velshi
Senior Tech Editor

Product review
Item: KS700 Smartwatch

Rating: 3.5 out of 5 stars

I've tested out a number of smartwatches, so I was skeptical that Kannais Electronics could offer anything truly different — regardless of the consumer survey on this product.

However, after using it, I have to admit that the survey results were reasonable. Further, I can agree that the ranking as to calls is justified.

I must further confess that the watch surprised me in other ways. For instance, I treated the watch a little roughly, including immersing it in water, which resulted in no damage. I also like the fact that the watch has a relatively large face, which makes it easier to read. Even so, the partnership with Hemani Zone did not really make the watch distinct in any way. It really needs to improve in this area before I could give this product a higher rating — especially for its relatively high price.

Send your own comments and feedback on this product to me: hasheem@mindenlifestyles.com

Preface
前言

　　我15年來從不間斷地參加了每一回的多益考試。位在東京八重洲的補習班也經營了12年以上，在這之前也曾舉辦過研討會、企業研習等，加起來自己也有將近20年的多益指導經歷了。這期間對於大幅提升多數以商業人士為主的學生成績可說是頗有貢獻。

　　多益於2016年5月（臺灣為2018年3月）進行睽違10年的改制，對平時有在職場上使用英語的考生來說，內容改善了許多。但對許多英語初學者來說難度則是提升了不少，甚至到達了手足無措的程度。

　　特別是長文閱讀題型的第七大題，比起舊制不只問題數增加了，連要閱讀的英文量也增加不少，許多人因此感受到其難度。

　　新制多益加入的多篇（三篇）閱讀題型（閱讀三篇文章並回答問題）大多都是必須經過推測或充分理解才能夠作答的題目。也就是說跳躍式閱讀不再適用，想避開閱讀這件事的人也必須腳踏實地解決這些難題才行。

本書起初是想寫給初次參加多益考試的考生，但同時又不想落下以高分為目標的考生，於是最後設計成目標800分以上的考生也能充分學習適用的內容。練習題也相當於正式考試難度，從初學者到有800分實力的考生皆能使用。

　　衷心期盼本書能助各位考生一臂之力。

Contents
目錄

- 本書的使用說明 ／ 002
- 前言 ／ 006
- 多益閱讀第7大題（單篇閱讀／多篇閱讀）取分秘技 ／ 011

Chapter 1

針對「各種題型」的100%解題技巧超攻略！ ／ 017

1. 電子郵件的題型 ／ 018
2. 商業信件的題型 ／ 023
3. 報章雜誌的題型 ／ 026
4. 文字簡訊及線上聊天的題型 ／ 030
5. 廣告、通知的題型 ／ 033
6. 雙篇閱讀的題型 ／ 037
7. 多篇閱讀的題型 ／ 042

Chapter 2

針對「不同發問模式」的100%解題技巧超攻略！ ／ 047

1. 「關鍵字」發問模式 ／ 048
2. 「核對」發問模式 ／ 050
3. 「NOT」發問模式 ／ 055
4. 「相互參照」發問模式 ／ 056
5. 「句子插入」發問模式 ／ 060
6. 「同義詞」發問模式 ／ 062

Chapter 3　馬上小試身手！試著做簡單的題目！　／063

簡易閱讀練習①（問題1〜3）／064
簡易閱讀練習②（問題4〜6）／070
簡易閱讀練習③（問題7〜8）／076
簡易閱讀練習④（問題9〜12）／082

Chapter 4　再來挑戰稍微有點難度的題目！　／089

強化難度閱讀練習①（問題1〜4）／090
強化難度閱讀練習②（問題5〜7）／096
強化難度閱讀練習③（問題8〜11）／102
強化難度閱讀練習④（問題12〜16）／110
強化難度閱讀練習⑤（問題17〜21）／120

Chapter 5　最後挑戰迷你模擬考！　／131

身歷其境模擬考閱讀練習①（問題1〜3）／132
身歷其境模擬考閱讀練習②（問題4〜7）／138
身歷其境模擬考閱讀練習③（問題8〜11）／146
身歷其境模擬考閱讀練習④（問題12〜15）／152
身歷其境模擬考閱讀練習⑤（問題16〜20）／160
身歷其境模擬考閱讀練習⑥（問題21〜25）／168
身歷其境模擬考閱讀練習⑦（問題26〜30）／180
身歷其境模擬考閱讀練習⑧（問題31〜35）／192

多益閱讀
第7大題（單篇閱讀／多篇閱讀）
取分秘技

多益閱讀
第七大題（單篇閱讀／多篇閱讀）
取分秘技

第七大題為長篇文章閱讀的題型。不只要求快速閱讀英文的能力，也需要能在瞬間判斷出正確答案所在之處的資訊收集力。

在沒有學習第七大題攻略秘訣的狀況下，要征服閱讀部分是不可能的。討厭閱讀的考生也請抱著「絕對不能逃避」的覺悟來對應吧！

以七、八年前的考試來說，運用刪去法及搜索法（跳躍式閱讀），即使不用讀完全文也能解決掉大半的題目。但隨著考試趨勢改變，五、六年前，大部分的題目已改變為需要全文閱讀完才能解答出來的形式。

不僅如此，在2016年5月（台灣為2018年3月）改新制後，第七大題不只題目量增加了，文章的長度也跟著變長了，且需要耗費大量時間解題的「核對」、「NOT」及「相互參照」題型還多了不少。我想，為了要讀完文章全文才能解題而苦惱著的考生應該不在少數吧！

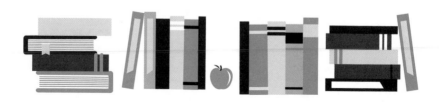

要讀懂第七部分文章需要依下列：

① 理解文法

② 從頭、不間斷地閱讀較長的句子

③ 從頭開始正確地閱讀一整篇英語文章，並控制在時限之內

　　順序來練習，且必須每天努力。因為即使是有得800分實力的人，也還是有許多無法在時間內作答完畢的案例。

　　多益要求的不只是快又正確的閱讀力而已，同時還要求考生有快速處理資訊的能力。因此考生必須要多加練習邊留意必要資訊的位置，邊記著「各題目要在限制時間內解出」的能力。

　　改制後閱讀部分的時間分配如下頁所示，請依此作為標準。

　　我建議大家在進行多益考試時，依照第五、第六，最後第七大題的順序來作答。

　　對部分考生來說，第七部分先從多篇閱讀（閱讀三篇文章後回答問題）作答，再解雙篇閱讀（閱讀二篇文章後回答問題）的方式很有效率，然而，先大略看一眼雙篇閱讀及多篇閱讀，挑出較難回答的問題，也不失為一個好方法。

閱讀部分（第五、第六、第七大題）的時間分配

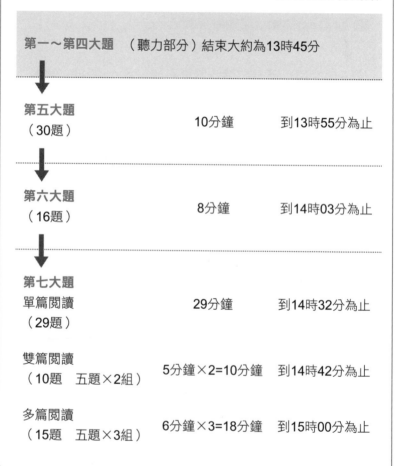

	所需時間	時間表 （以13時開始考試為例）
第一～第四大題 （聽力部分）結束大約為13時45分		
第五大題 （30題）	10分鐘	到13時55分為止
第六大題 （16題）	8分鐘	到14時03分為止
第七大題 單篇閱讀 （29題）	29分鐘	到14時32分為止
雙篇閱讀 （10題　五題×2組）	5分鐘×2=10分鐘	到14時42分為止
多篇閱讀 （15題　五題×3組）	6分鐘×3=18分鐘	到15時00分為止

聽力部分結束時間若為超過1分鐘的13時46分，這時候請將上述各大題的時間表時間各往後順延1分鐘，考試結束時間為15時01分。

作答第七大題時的心理準備

接下來會解說第七大題各題型、問題模式的關鍵，除此之外也包括了整個大題須注意的重點。

❶ 先讀問題

理想狀況為先簡單確認過文章內容再開始閱讀問題，但這方法可能會導致連有800分程度的考生也無法在時間內作答完畢。因此基本原則為：除多篇閱讀之外的其他題目得先讀問題、再看文章。

❷ 注意同義詞

雖然文章中使用過的單字或表現有時會直接出現在問題中，但大多數情況是會代換成同義詞或換句話說，考生必須多加注意。

❸ 習慣一定要經過推測才能解答出來的題目

以What is indicated和What is suggested開頭（兩者皆為「表示什麼？」的意思）的核對問題（詳見P.050）以及題目中包含了most likely（最有可能）、probably（有可能）和其他類似字詞，答案的提示沒有明確寫出，必須經過推測才能作答，而這類型的題目比例正在增加。

這一類題型必須藉由練習官方全真試題來習慣。若只練習偏離重點的試題集，或僅習慣入學測驗及其他資格檢定的考生可能在面對多益考試時會感到手足無措。

❹ 不要被陷阱問題給騙倒了

多益考試中各大題，皆有故意使用易混淆用語或選項的陷阱題。認為作答正確，得到的分數卻比想像中還低，可能就是被這一類問題給騙倒的關係。

CHAPTER 1

針對「**各種題型**」的 100%解題技巧超攻略！

第七大題出現的文章類型有：電子郵件、商業信件、新聞報導、廣告及網頁等，而改制之後也增加了線上訊息的題型。此章節將會為大家解說各類題型的攻略技巧。

1

針對「各種題型」的解題技巧！

電子郵件的題型

電子郵件相對於其他題型來說，大多較易讀懂，只要確實地找到資訊，可以輕鬆作答的問題不在少數。以這類題型做為確保得分題，並將以下重點好好記起來吧！

取分超攻略1

信頭為情資寶庫！

❶ 確認From（寄件者）與To（收件者）

考試也會從寄件者與收件者出題，在一開始就確認清楚信件是由誰寄給誰的這個動作，也與快速理解電子郵件內容息息相關。特別是在必須閱讀2～3篇文章後作答的雙篇閱讀及多篇閱讀的部分中，看到其中一篇（多的時候為兩篇）文章為電子郵件時，就先確認寄件者與收件者，如此可以更容易看出各篇文章之間的連結。

❷ 確認Subject（或Re）

Subject與Re作為同樣語意來使用，而要選擇哪一個則依各人喜好。這部分內容會將信件內容以短短幾個字表達，對信件內容的理解來說非常重要。另外補充Re為Regarding的縮寫。

而若不是在寫Subject的地方，而是在Subject旁的填空欄位看到Re，則此字做Reply（回覆）解。

取分超攻略 **1** 信頭為情資寶庫！

To: ← 收件者

From: ← 寄件者

Date: ← 日期

Subject:（或Re:） ← 主旨

信頭

署名 →

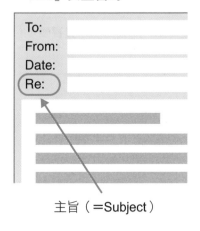

「Re:」表主旨時

主旨（=Subject）

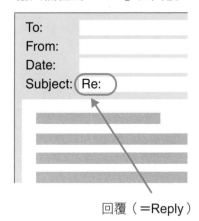

輸入欄位的「Re:」表回覆

回覆（=Reply）

❸ 確認Date

　　一般的情況不需要確認Date（寄出郵件的日期），但若是相互參照的題型（必須互相對照才能解答的題型），Date欄可能會變得很重要。

　　例如，文章中有一句「昨天發送商品了」，而提問中又問到「何時發送商品？」時，要確認昨天是哪天，就必須看Date欄寫的郵件寄出日期，於昨天發送，因此郵件所標日期的前一天為正解。若是有確認Date習慣的考生便能馬上作出解答，但不習慣這麼做的考生可能就會浪費一些時間了。

取分超攻略2

第一個段落很重要！

電子郵件題型中常出現像

- Why is Mr./Ms. X writing this e-mail?（X先生／小姐為什麼要寫這封郵件呢？）
- What is the purpose of the e-mail?（寫這封電子郵件的目的是？）

　　這類詢問寄送電子郵件目的的問題。

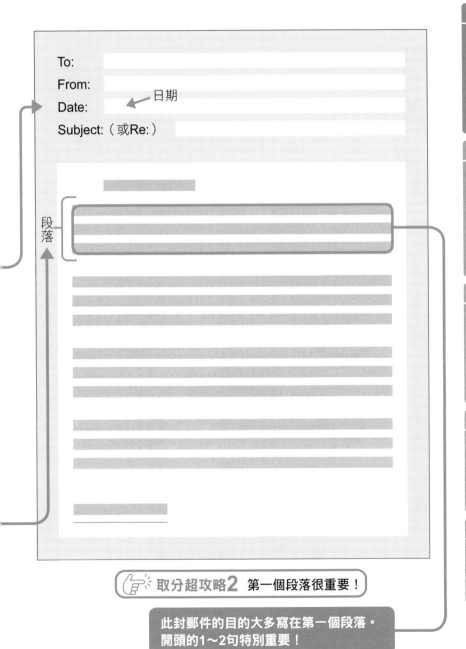

取分超攻略2　第一個段落很重要！

此封郵件的目的大多寫在第一個段落。
開頭的1～2句特別重要！

電子郵件時常以最主要的訊息做為開頭，所以答案的提示也大多在第一個段落。而在此之中，想說的內容就寫在信件剛開始的第1～2句也很常見，因此第一段落的第1～2句特別重要。

電子郵件的題型

電子郵件題型的練習請參見P.064（簡易閱讀練習）、P.090（強化難度閱讀練習）、P.132（身歷其境模擬考閱讀練習）。

Ch1
針對「各種題型」的
100%解題技巧超攻略！

Ch2
針對「不同發問模式」的
100%解題技巧超攻略！

Ch3
馬上小試身手！
試著做簡單的題目吧！

Ch4
再來挑戰稍微
有點難度的題目！

Ch5
最後挑戰
迷你模擬考！

LESSON **2**

針對「各種題型」的解題技巧！

商業信件的題型

商業信件的題型大致可以適用電子郵件的攻略法，但仍舊有些重點是紙本信件才會有的。時常出現與電子郵件相較起來不只長度較長，內容難度也較高的文章。

取分超攻略**1**

確認是由誰寫給誰的

有時題目會問信件的寄件人與收件人。先確認好是由誰寫給誰，對快速理解內容有很大的幫助。信件的收件人寫於左上角，寄件人則寫於左下角。

收件人的名字之後接公司名或住址。且文章最開始大多以Dear X方式，寫出收件人名稱。

寄件人也常在名字之後接職位或公司名，這也可能成為作答之際的提示之一，請考生一併注意。

取分超攻略**2**

確認信頭

多益考出的信件大多是由公司寄送給顧客，當然也是有顧客寄送給公司的例子。由公司寄出的信件，通常都會有信頭（印有公司名

稱、地址等簡介的部分）。

多益考試常出現一些刁鑽奇特的考題，有時候問的不是信件內容，而是問信頭資訊，尤其公司名稱及地址最為重要。通常這些內容不需要太注意，但若是考出公司名稱和所在地點的資訊時，請務必確認信頭。

取分超攻略 3

常問寫信件的目的

信件比起電子郵件較為正式，文章長度也較長，而常在信件題型中看到如下題型：

- Why did Mr./Ms. X write to Mr./Ms. Y?（為什麼X先生／小姐要寫信給Y先生／小姐呢？）
- What is the purpose of the letter?（此封信件的目的為何？）

此類題型與電子郵件相似，大多在信件開頭就敘述重點，但也有以問候語開頭再接信件目的，或先以稍長的文字說明事件之後，在信件中段才說明寫信目的。因此，信件的題型在理解寫信目的之前必須一氣呵成地閱讀。

商業信件的題型

商業信件題型的練習請參見P.070（簡易閱讀練習）、P.138（身歷其境模擬考閱讀練習）。

👉 **取分超攻略2** 確認信頭

信頭（公司名、地址等）

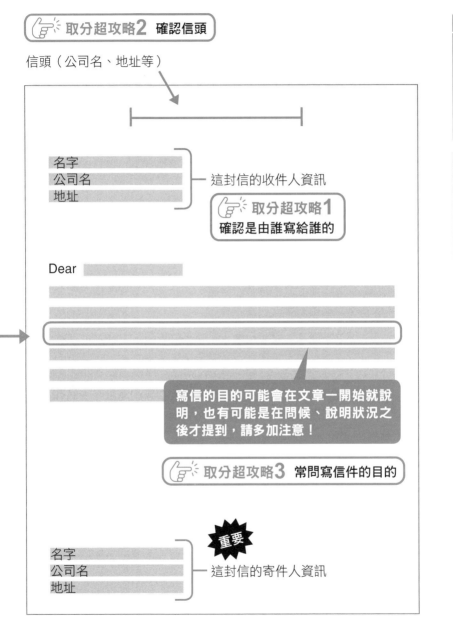

名字
公司名
地址
—— 這封信的收件人資訊

👉 **取分超攻略1**
確認是由誰寫給誰的

Dear

寫信的目的可能會在文章一開始就說明，也有可能是在問候、說明狀況之後才提到，請多加注意！

👉 **取分超攻略3** 常問寫信件的目的

重要

名字
公司名
地址
—— 這封信的寄件人資訊

針對「各種題型」的解題技巧！

報章雜誌的題型

除了報紙及雜誌的內容之外，新聞稿及報告書等文型也可能出現於考試中，而其解題技巧幾乎與報章雜誌題型相同。

取分超攻略1

能力不足的考生可以晚一點再作答，甚至放棄該題

各式的題型中難度最高的，就屬報章雜誌類的題型了。這類文章不但內文長，使用的單字或句型大多也都有相當的難度，多益500分左右程度的考生，在閱讀時常會有不能理解的內容，並花費許多時間於此。

從多益改制以後，許多有將近900分實力的考生也無法在有限時間內作答完畢，因此，判斷究竟要捨棄哪一篇文章，或是各篇文章中的哪一題題目要作答、哪一篇又該放棄的能力，就顯得非常重要了。

即使有跳過的題目，也不要只留白，請一定要做上記號。但事實上還是會有「單篇閱讀（閱讀一篇文章後作答）最後連續3篇皆是報章雜誌題型」的情況，所以，報章雜誌題型中，能作答的題目，就要盡量作答。

Ch1
針對「各種題型」的
100%解題技巧超攻略！

Ch2
針對「不同發問模式」的
100%解題技巧超攻略！

Ch3
馬上小試身手！
試著做簡單的題目吧！

Ch4
再來挑戰稍微
有點難度的題目！

Ch5
最後挑戰
迷你模擬考！

👉 取分超攻略2

檢查標題

若報章雜誌有標題，請一定要檢查。可以由此得知這是篇什麼內容的文章，少數情況中，還能只看標題就解答出考題呢！

👉 取分超攻略3

第一段特別重要

雖然報章雜誌的內容大多艱澀難懂，但文體構造卻是固定的。文章的主題會統整於第一段中，接下來的各段落則是各自詳述其內容。因此第一段特別的重要。不擅長閱讀的考生在練習時，可以特別放慢一點速度閱讀及理解第一段落內容。而這類的題型時常考出

• What is the subject of the article?（此篇文章的主旨為何？）
• What is the article about?（此篇文章在敘述什麼？）

這樣的題目。主旨常集中於第一段，且文章最想傳達的內容也大多寫在第1～2句，考生可從這些地方找到正確答案。

👉 取分超攻略4

注意各段落的第1～2句句子

只要閱讀各個段落的第1～2句句子，即可得知該段落的大致內容。現行多益考試有很多不閱讀完全文就無法作答的題目，因此，直到約5～6年前使用的「閱讀部分內容」解題方法已無效。但若是作答時間真的不夠，只要依序閱讀各段落的第1～2句，大多時候都能將各

段落關係連結起來，或是依此得知各題目的解題關鍵位於哪個段落。

取分超攻略5

新聞稿及報告書可以用與報章雜誌相同的技巧解題

考題中曾出現過新聞稿題型，其實就是簡易版的新聞報導文章，因此讀起來比較簡單好懂。這類題目可能會提出

* What is the subject of the news release? （此篇文章新聞稿的主旨為何？）

這樣的問題。文章主旨多集中於第一段落，並常於第1～2句中說出重點，可以由此找出答案。

但是，新聞稿比報章雜誌還短，有時並沒有分段，這時開頭的前幾句就是重點了。

考試也出現過report（報告書）等文型，大致的構造皆與報章雜誌相同。

報章雜誌的題型

報章雜誌題型的練習請參照P.102（強化難度閱讀練習）、P.152（身歷其境模擬考閱讀練習）。

Ch1
針對「各種題型」的
100%解題技巧超攻略！

Ch2
針對「不同發問模式」的
100%解題技巧超攻略！

Ch3
馬上小試身手！
試著做簡單的題目吧！

Ch4
再來挑戰稍微
有點難度的題目！

Ch5
最後挑戰
迷你模擬考！

取分超攻略**2** 檢查標題

可從標題得知這是篇什麼主題的文章

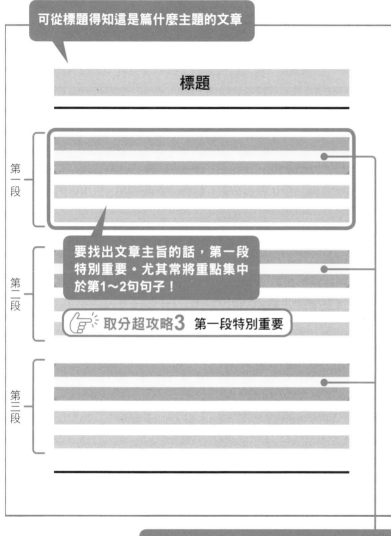

標題

第一段

要找出文章主旨的話，第一段
特別重要。尤其常將重點集中
於第1～2句句子！

取分超攻略**3** 第一段特別重要

第二段

第三段

閱讀各段落的第1～2句句子，便能迅速明
白其段落大意

取分超攻略**4** 注意各段落的第1～2句句子

文字簡訊及線上聊天的題型

此為多益改制後新增的題型，文字簡訊及線上聊天類文章在一次的考試中各會出現一次，只有兩題的文字簡訊題型還算簡單，但有四個問題的線上聊天題型，解答起來就需要花點時間了。
第七大題較多正式文章，但這類的題型則是以日常口語英文為主軸。

取分超攻略 1

以時間點開頭，詢問意圖的題目

必考的題目中，有一種為詢問意圖的問題。像

- At 9:30, what does Mr. X mean when he says "..."?（九點三十分時，X先生説的：「……」是什麼意思？）

這樣的問題。

雖然文字簡訊和線上聊天類的題目都會出現在考試中，但只有兩題的文字簡訊內容較短，主角也大多只有兩名，多數問題只要查找時間點的前後即可迅速解題。

文字簡訊（text-messages chain）

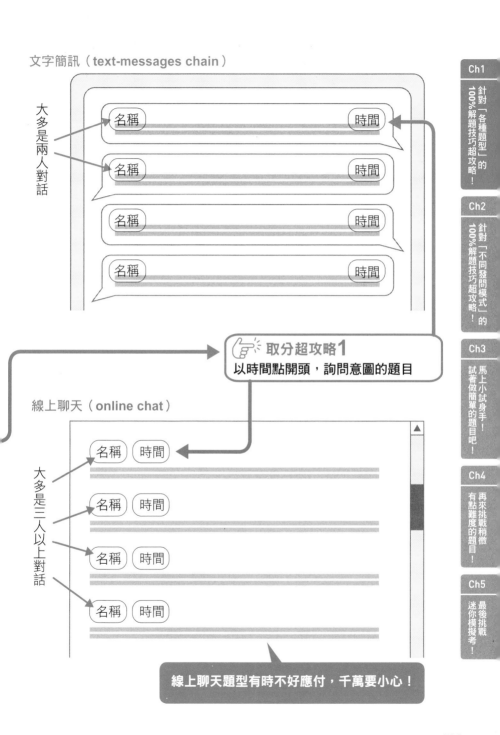

大多是兩人對話

名稱　　　　　　　　　　　時間

名稱　　　　　　　　　　　時間

名稱　　　　　　　　　　　時間

名稱　　　　　　　　　　　時間

取分超攻略1
以時間點開頭，詢問意圖的題目

線上聊天（online chat）

大多是三人以上對話

名稱　時間

名稱　時間

名稱　時間

名稱　時間

線上聊天題型有時不好應付，千萬要小心！

Ch1
針對「各種題型」的100%解題技巧超攻略！

Ch2
針對「不同發問模式」的100%解題技巧超攻略！

Ch3
馬上小試身手！試著做簡單的題目吧！

Ch4
再來挑戰稍微有點難度的題目！

Ch5
最後挑戰！迷你模擬考！

取分超攻略2

線上聊天題型比看起來還難以應付

　　線上聊天的題型中，每一句對話皆不長，參與對話者有三人以上，且對話是跳躍式的，因此若沒有從頭看起，很有可能無法正確理解對話的內容，而導致此類題型難以應付。另外，甚至有些題目須在作答時參照多處，比想像中還要耗費時間，請考生一定要多加注意。

　　請配合多益測驗官方全真試題指南的練習題，預先決定好作答時要先閱讀題目，還是大致看過對話內容再看問題。

取分超攻略3

同時用到名和姓的陷阱題

　　即使對話中出現了能作為解題關鍵的名字，在出題時使用的卻是姓，或是相反的情形時有所聞。若題目中出現的名字在文章中遍尋不著，試試看再度檢查姓名這個方法吧！

文字簡訊及線上聊天的題型

　　文字簡訊及線上聊天題型的練習請參照P.076（簡易閱讀練習）、P.146（身歷其境模擬考閱讀練習）。

Ch1
針對「各種題型」的
100%解題技巧超攻略！

Ch2
針對「不同發問模式」的
100%解題技巧超攻略！

Ch3
馬上小試身手！
試著做簡單的題目吧！

Ch4
再來挑戰稍微
有點難度的題目！

Ch5
最後挑戰
迷你模擬考！

LESSON
5

針對「各種題型」的解題技巧！

廣告、通知的題型

與旅館、餐廳、不動產、研討會或諮詢服務等各種行業相關的文章都有可能出現於考題中。

取分超攻略1

檢查標題

只要先看標題，即可得知這是篇什麼樣內容的通知了，要理解內容也變得輕鬆許多。

取分超攻略2

開頭處相當重要

大部分廣告及通知會在開頭即說明其主旨。若是廣告的話你會看到這樣的題目：

• What is the purpose of the advertisement?（這則廣告的主旨為何？）

若是通知的話則是：

• What is the purpose of the notice?（這則廣告通知的主旨為何？）

這樣的題目，而解答大多就寫在開頭數行。

取分超攻略3

注意地點、日期、星期及其他數字

若是店家廣告，常詢問營業時間；特價活動則詢問活動期間、結束時間、星期或打幾折等數據；通知的內容若是建築及機器的改裝或更新，則詢問持續時間或完工時間。考生大多會看到的是這樣的題目。

雖然以現今多益來説，原則上希望各位考生能閱讀完所有文章，但若在作答時間不足時看到這一類題型，大多數題目都能在確認日期、星期幾、行程、或照片之後，只看其前後文就作答出來。

取分超攻略4

容易漏看的不起眼之處要多加注意

除了雙篇閱讀、多篇閱讀之外，其實單篇閱讀也可能出現需要比對兩處的交叉比對問題。但是，這時候很常出現只找得到其中一個線索，另一個資訊卻怎麼找都找不到的情況。已熟練多益考題的考生通常在找第二項資訊時，能有「應該在這裡！」的直覺，而尚未熟習考題的考生往往在這時會花費過多時間找尋資訊。這時候也許答案就在意想不到之處！例如標題下的小文字、表格下的簡短説明或是通知最尾處的一句話⋯⋯等等這些我們很容易瀏覽過去就漏看的地方。

取分超攻略1
檢查標題

馬上就能得知內容！

取分超攻略2　開頭處相當重要

大多會將主旨寫於第1～2句！

標題

瀏覽過即能解題！

取分超攻略3
注意地點、日期、星期及其他數字

注意標題下或註腳的小字和隨手寫下的資訊！

取分超攻略4
容易漏看的不起眼之處要多加注意

Ch1 針對「各種題型」的100%解題技巧超攻略！

Ch2 針對「不同發問模式」的100%解題技巧超攻略！

Ch3 馬上小試身手！試著做簡單的題目吧！

Ch4 再來挑戰稍微有點難度的題目！

Ch5 最後挑戰迷你模擬考！

考生可以活用多益官方試題集來熟悉尋找線索的技巧。

廣告、通知的題型

廣告、通知題型的練習請參照P.082（簡易閱讀練習）、P.096
（強化難度閱讀練習）。

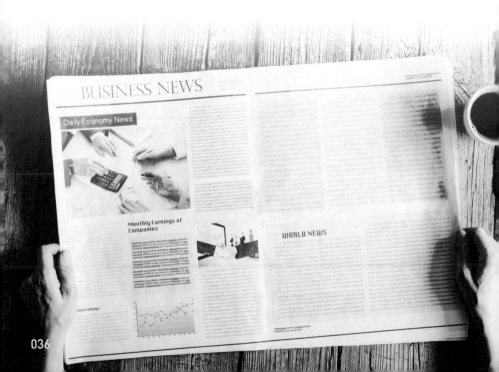

LESSON

6

針對「各種題型」的解題技巧！

雙篇閱讀的題型

這是閱讀兩篇文章後回答問題的題型，通常我們稱作雙篇閱讀題型。電子郵件、信件、報章雜誌、廣告和網頁等類型的文章都有可能出現於題目中。

取分超攻略1

先簡單地確認一下是什麼種類的文章

我們並沒有足夠時間慢慢地確認兩篇文章分別是講些什麼內容，只能在一開始以題目上的Questions xxx — xxx refer to the following _____ and _____部分來迅速判別。若寫了following e-mail and report，就可以得知「第一篇文章為電子郵件，第二篇文章則是報告書」，確認這一點之後，接著就著手於題目的部分。看完題目之後，再一口氣將文章閱讀完畢。

refer to the following _____ and _____.句子中常填入的單字

advertisement（廣告）

article（文章、報導）

coupon（禮券）

document（文件）

e-mail（電子郵件）

form（表格）

information（資訊）

instruction（使用說明）

invoice（費用清單）

letter（信件）

list（清單）

notice（通知）

online discussion（線上討論）

report（報告書）　　　　　response（回應）

review（評論）　　　　　　schedule（行程）

Web page（網頁）

取分超攻略1　先簡單地確認一下是什麼種類的文章

可由此得知文章種類是電子郵件、廣告或是網頁⋯⋯等等

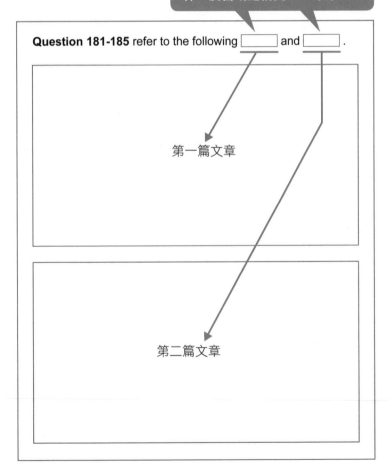

Question 181-185 refer to the following ☐ and ☐ .

第一篇文章

第二篇文章

解題順序

趕緊先由文章最上方所寫的Questions xxx — xxx refer to the following ____ and ____來辨別兩篇文章分別屬於什麼種類！

- 報章雜誌類的話看標題
- 電子郵件或信件類的話確認寄件人及收件人

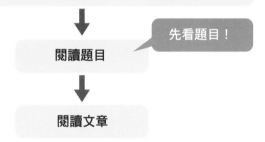

先看題目！

閱讀題目

閱讀文章

 取分超攻略2

先看題目，再看文章

在閱讀文章之前，先看過題目。有時題目中會透露出解題關鍵在兩篇文章中的哪一篇，例如：如果題目寫了「從A的信件中」，我們就能知道A寫的信件中有我們需要的線索；如果問的是預先續訂的截止日的話，我們就能得知，從出版社寄給讀者的信件或電子郵件中，應該會有我們要的資訊。

一次處理兩個題目

　　一組雙篇閱讀題型中，有五個題目。先看第一題題目，再一次閱讀文章至解題線索處，緊接著再看第二題題目，並接著閱讀該文章到解出第二題，這是最基本的解題方式，但實在是有點耗費時間。若是改為一次記憶兩題題目，一口氣閱讀完第一篇文章的通篇或是大部分再作答，接著記憶第三、第四題，再進入第二篇並閱讀完大部分或通篇，最後一次作答，這樣一次處理兩個題目的方式能有效縮短作答時間。

雙篇閱讀的題型

　　雙篇閱讀題型的練習請參照P.110（強化難度閱讀練習）、P.160（身歷其境模擬考閱讀練習）。

取分超攻略3　一次處理兩個題目

文章1

題目1

　題目內容————————

　(A) ————
　(B) ————
　(C) ————
　(D) ————

題目2

　題目內容————————

　(A) ————
　(B) ————
　(C) ————
　(D) ————

文章2

一次處理兩道題目

題目3

　題目內容————————

　(A) ————
　(B) ————
　(C) ————
　(D) ————

題目4

　題目內容————————

　(A) ————
　(B) ————
　(C) ————
　(D) ————

題目5

　題目內容————————

　(A) ————
　(B) ————
　(C) ————
　(D) ————

①. 看題目1、2後，閱讀文章至可解題處並劃記答案
②. 看題目3、4後，閱讀文章至可解題處並劃記答案
③. 看題目5後，閱讀文章至可解題處並劃記答案

重點 一次處理兩題題目較有效率。
單篇閱讀題型也可以使用這個技巧解題！

多篇閱讀的題型

這是閱讀三篇文章後回答問題的題型，通常我們稱作多篇閱讀題型。文章內容相當地多，因此時間控管就顯得特別重要了。

☞ **取分超攻略1**

先簡單地確認一下是什麼種類的文章

此為多益改制後新增的題型。

先分別理解三篇文章的類型，這對解題會很有幫助。同雙篇閱讀，先確認文章最上方所寫的「Questions XXX ～ XXX refer to ～」，例如：Questions 196-200 refer to the following notice, e-mail, and article.即是指第一篇文章為通知；第二篇文章為電子郵件；第三篇文章為報導。

將多益考試的所有文章閱讀完畢是最基本的，但多篇閱讀必須參閱兩處以上，要找到該閱讀哪篇文章的哪一處就得花上不少時間，所以，若能先得知三篇文章各自的種類，便可有效縮短作答時間。

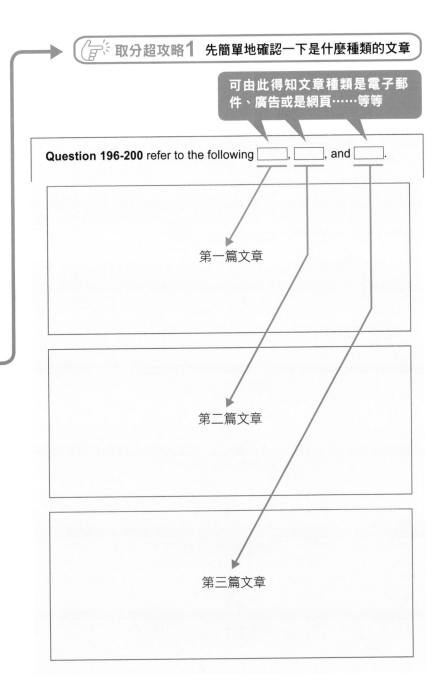

取分超攻略**1** 先簡單地確認一下是什麼種類的文章

可由此得知文章種類是電子郵件、廣告或是網頁……等等

Question 196-200 refer to the following ☐, ☐, and ☐.

第一篇文章

第二篇文章

第三篇文章

取分超攻略2

多篇閱讀不要先從問題開始看，而要先閱讀文章

多篇閱讀中，必須交叉參考兩篇（或三篇）的文章才能作答的題目，五題之中就出了兩題以上，非常耗費時間。這時採取的措施與別的大題不同，並不是先看問題，而要先一口氣閱讀完兩篇文章，如此一來會較為輕鬆。

我建議大家以：「先讀第一及第二篇文章→作答兩題題目→閱讀第三篇文章→作答剩下的題目」的順序來解題。

若是無法適用此解題法的題目，則為必須同時參照第一及第三篇

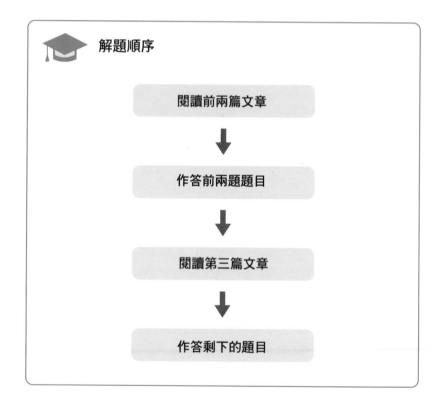

🎓 **解題順序**

閱讀前兩篇文章

⬇

作答前兩題題目

⬇

閱讀第三篇文章

⬇

作答剩下的題目

文章的題型，或是要一次參考三篇文章的題型。這類題型則最後再作答。

Ch1
針對「各種題型」的
100%解題技巧超攻略！

Ch2
針對「不同發問模式」的
100%解題技巧超攻略！

Ch3
馬上小試身手！
試著做簡單的題目吧！

Ch4
再來挑戰難度稍微
有點難度的題目！

Ch5
最後挑戰
迷你模擬考！

取分超攻略3

放棄一些題目也沒關係

就像我在重點2提到的，多篇閱讀題型中，時常會出現兩題以上必須參考兩篇、甚至三篇文章的「相互參照題型」。

只須參考第一、第二篇兩處或第二、第三篇兩處的題目作答起來較容易，但要同時參考第一、第三篇文章的題型，或一次參考三篇文章的題型就比預想的還要花時間了。

多益600分以下的考生們不妨考慮放棄作答這一類題目。改制後就連許多有800分實力的考生都無法作答完畢了，因此，600分以下實力的考生可以仔細考慮「放棄一些題目也沒關係」，並於正式上場之前，藉由官方全真試題指南等書，事先確定好要放棄的題目類型。

另外，考生若是在作答途中發現可能會耗費許多時間，必須要有當機立斷、放棄該題的勇氣。

多篇閱讀的題型

多篇閱讀題型的練習請參照P.120（強化難度閱讀練習）、P.168（身歷其境模擬考閱讀練習）、P.180（身歷其境模擬考閱讀練習）、P.192（身歷其境模擬考閱讀練習）。

CHAPTER 2

針對「不同發問模式」
的100%解題技巧超攻略！

第七大題的題目主要有6個種類，接下來將
針對各發問模式的解題方法做說明。

針對「不同發問模式」的解題技巧！

「關鍵字」發問模式

題目含有找尋正確答案時需要的關鍵字，因此必須先從提問中找到關鍵的詞，再接著閱讀文章並作答。

此類提問模式指的是題目中包含了「關鍵字」。

也就是要找到提問的關鍵字（日期、數字、專有名詞和特定單字等重點詞語），並以此作為線索再來閱讀文章，若在文章中看到同樣的關鍵字，其前後文必須細心閱讀，藉此從選項中選出最正確的答案。

這也是最簡單的一種提問模式。

●關鍵字考題的解題範例

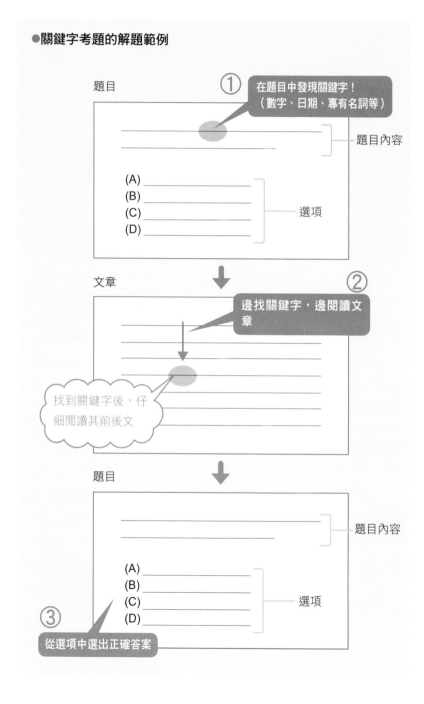

Ch1
針對「各種題型」的 100%解題技巧超攻略！

Ch2
針對「不同發問模式」的 100%解題技巧超攻略！

Ch3
馬上小試身手！試著做簡單的題目吧！

Ch4
再來挑戰稍微有點難度的題目！

Ch5
最後挑戰！迷你模擬考！

「核對」發問模式

面對此類題目，希望考生可以事先思考好閱讀文章及題目的順序，反覆練習並學習如何有效率的解題！

　　所謂的核對型的題目，就是要考生選出與文章內容相符的選項。

　　要一個選項、一個選項地確認有無文章提到的內容，這實在非常費時間。但偏偏一次考試中這樣的題目就可能考到15題左右，如果一開始就選擇放棄不作答，或是先跳過該題，實在不是長久之策。選擇放棄這類題目的話，也就等於放棄相當的量了。再講到花時間，此類型題目還不至於像之後的「NOT」和「相互參照」題目這麼費時，請考生一定要勇於挑戰。

　　作答方式有以下兩種。我個人認為方法(1)使用起來較輕鬆，考生們請選擇自己用得順手的解法，但不論選擇哪一個方式，都一定要避免不斷來回閱讀題目及文章（錯誤的作答方式請見P.053）。

(1) 看完題目之後（為了節省時間，這時候還不用看選項）閱讀文章，將大致的內容記在腦海中→邊看選項，邊一個個確認，並選出最符合文章內容的選項。

●核對考題的解題範例(1)

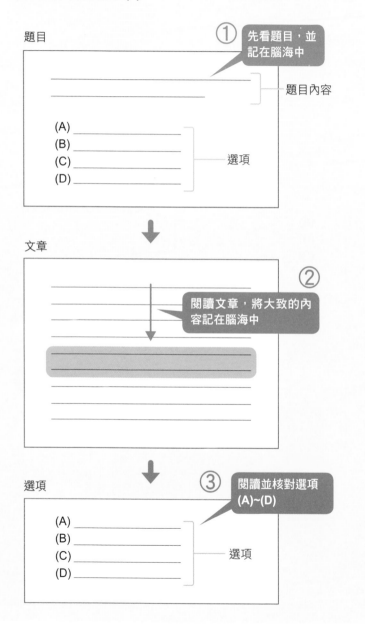

題目

① 先看題目，並記在腦海中

題目內容

(A) _____
(B) _____
(C) _____
(D) _____

選項

文章

② 閱讀文章，將大致的內容記在腦海中

③ 閱讀並核對選項 (A)~(D)

選項

(A) _____
(B) _____
(C) _____
(D) _____

選項

●核對考題的解題範例(2)

題目內容

① 先看題目

先看題目

選項

② 再看選項(A)~(D)，並記在腦海中

(A) ＿＿＿＿＿＿＿
(B) ＿＿＿＿＿＿＿
(C) ＿＿＿＿＿＿＿
(D) ＿＿＿＿＿＿＿

選項

文章

③ 邊閱讀文章，邊核對選項

(2) 先看完題目之後,接著看選項,並將選項記起→一邊閱讀文章,
一邊從選項中選出與其相符的內容。

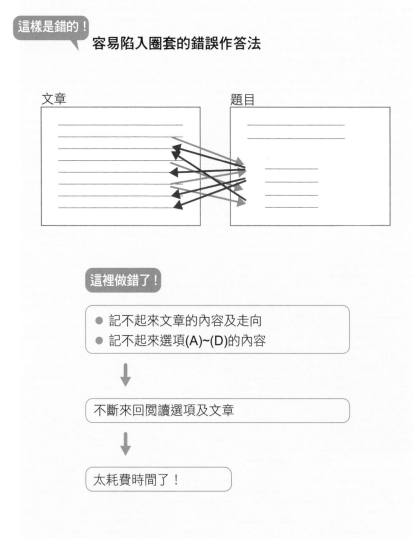

這樣是錯的!

容易陷入圈套的錯誤作答法

文章　　　　　　　　　　　　題目

這裡做錯了!

- 記不起來文章的內容及走向
- 記不起來選項(A)~(D)的內容

↓

不斷來回閱讀選項及文章

↓

太耗費時間了!

此類題目又可再分為兩大類。

一個問的是What is suggested about/in...?（關於……我們可以得知什麼？），題目中使用了suggest, indicate, imply等動詞，為需要一定程度的推測才能作答的題目種類。

而另一個問的則是What is mentioned about/in...?（關於……有什麼被提及了？）或What is true about...?（關於……什麼是正確的？），題目中沒有使用到suggest, indicate, imply等動詞。這一類題目就不需要進行推測了。

Ch1
針對「各種題型」的
100%解題技巧超攻略！

Ch2
針對「不同發問模式」的
100%解題技巧超攻略！

Ch3
馬上小試身手！
試著做簡單的題目吧！

Ch4
再來挑戰稍微
有點難度的題目！

Ch5
最後挑戰！
迷你模擬考！

LESSON

3

針對「不同發問模式」的解題技巧！

「NOT」發問模式

NOT考題每次約出4～5題。由於需要花很多時間作答，多益400～500分程度的考生也可以選擇先跳過，晚一點再來答題。

NOT考題問的是What is NOT stated ...? 或What is NOT mentioned ...?（有什麼沒有被提及？），考生必須選出文章沒有提到的內容。

這時就必須一個個確認選項的內容了。特別是當選項中的內容散落在文章的各處，要確認的範圍也跟著擴大，作答時間是其他簡易題目的好幾倍。

這一類的題目每次最多只會出4～5題，因此將其放棄也不失為一個方法。不過，這之後將介紹到必須同時參考兩處以上的「相互參考題」出題數增加，此類型題目又有許多比NOT考題還要花時間，若想全部放棄作答，未免顯得有些輕率了。不如試著作答看起來難度較低的題目吧！真的太花時間的題目再選擇略過也無妨。

針對「不同發問模式」的解題技巧！

「相互參照」發問模式

必須對照文章兩處以上才有辦法作答的題目稱為相互參照題，此類題目講求的是能快速獲取資訊的閱讀能力。

　　必須確認文章的兩處以上才能作答的題目，我們將其稱為相互參照題。要找到第一個線索並不難，但往往其他的資訊大多不是這麼容易就能發現，光是要找到它們的下落就要花上許多時間。這種情況在多篇閱讀題型又尤其常見，且題目內容不只包含英文，還可能有智力問題！？不熟悉考題的考生甚至可能找不到線索。

　　若找到了第一個線索，但卻遲遲無法發現別的資訊，這時就把這一題放棄不做吧！省下來的時間足夠作答2～3題簡單題目了呢！

　　單篇閱讀題型中，得注意一篇文章中的兩處資訊。

　　雙篇閱讀題型中，可能有兩篇文章各要找一個資訊，或其中一篇文章兩處資訊的題目。

●相互參照考題的解題範例

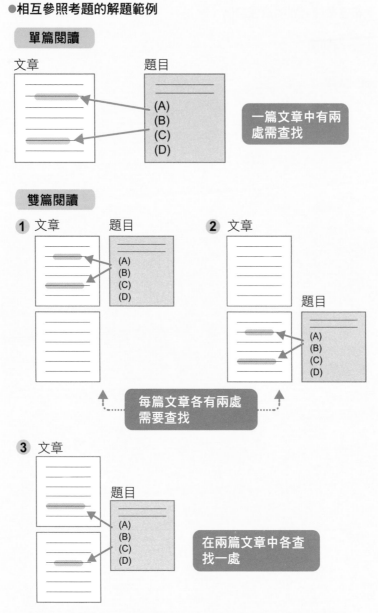

單篇閱讀

文章　　　　題目

一篇文章中有兩
處需查找

雙篇閱讀

1 文章　　　題目

2 文章

題目

每篇文章各有兩處
需要查找

3 文章

題目

在兩篇文章中各查
找一處

雖然出題機率低，但的確還是曾出現過得查找三處資訊的題目……

●相互參照考題的解題範例（續）

多篇閱讀

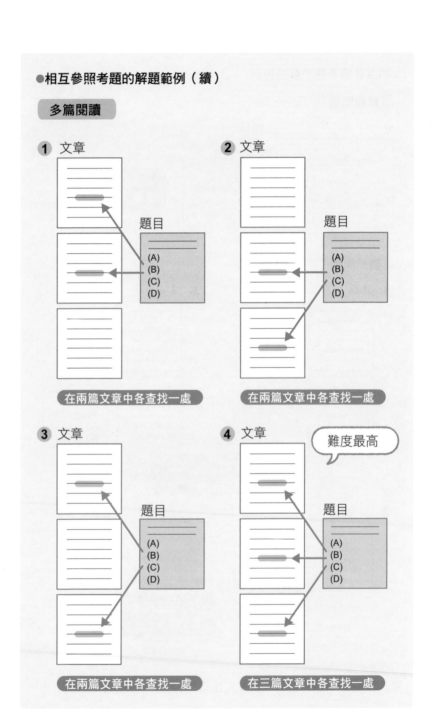

① 文章

題目

(A)
(B)
(C)
(D)

在兩篇文章中各查找一處

② 文章

題目

(A)
(B)
(C)
(D)

在兩篇文章中各查找一處

③ 文章

題目

(A)
(B)
(C)
(D)

在兩篇文章中各查找一處

④ 文章

難度最高

題目

(A)
(B)
(C)
(D)

在三篇文章中各查找一處

新制多益增加的多篇閱讀題型中，大多是在兩篇文章中各查找一處的題目，但在三篇文章中各查找一處，共需注意三處才能解題的題型也曾出現在考題中。

以這樣的幹勁，
繼續加油！

Ch1
針對「各種題型」的
100%解題技巧超攻略！

Ch2
針對「不同發問模式」的
100%解題技巧超攻略！

Ch3
馬上小試身手！
試著做簡單的題目吧！

Ch4
再來挑戰稍微
有點難度的題目！

Ch5
最後挑戰
迷你模擬考！

LESSON

5

針對「不同發問模式」的解題技巧！

「句子插入」
發問模式

先看要填入文章內的句子並將其記住，再閱讀文章。句子除了要插入文章之外，還要擺對位置，實在是相當不好對付的題目。

此為多益改制後增加的新題型，考生須在一篇文章的[1]～[4]位置處，選出最適合填入句子處。

In which of the positions marked [1], [2], [3] and [4] does the following sentence best belong?（以下句子最適合填入[1]、[2]、[3]、[4]中的哪個位置？）

提問內容如上述，而在此之後會緊接著寫出要插入文章的句子內容。

若要在文章中將句子插入到[1]~[4]之間的正確位置，需要比作答其他題目時更加仔細地閱讀、理解內容，因此會耗費許多答題時間。

多益600分以下實力的考生，應審慎考慮此類題目是否要選擇放棄作答。

建議各位考生，如果在第一眼看到題目中有句子插入題，在開始作答其他試題之前，先將要插入文章的句子內容讀過一遍並記在腦中。特別是句子插入問題在文章後半的情況，若沒有先看過句子內容，則又要從頭再讀過一遍文章，耗費許多時間。

●句子插入考題的解題範例

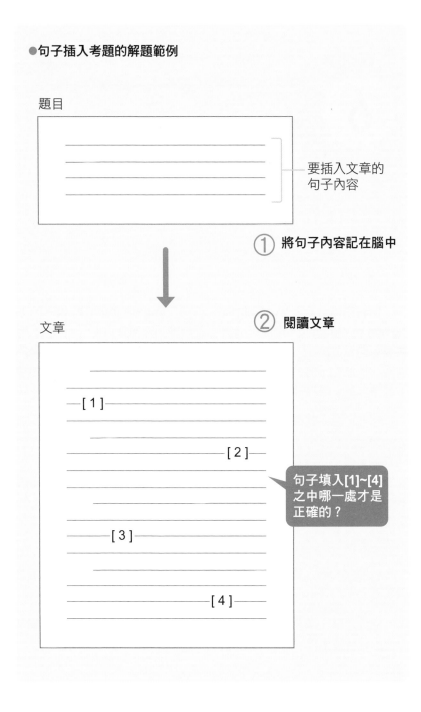

題目

要插入文章的
句子內容

① 將句子內容記在腦中

文章

② 閱讀文章

—[1]—

[2]—

句子填入[1]~[4]
之中哪一處才是
正確的？

—[3]—

[4]—

Ch1
針對「各種題型」的
100%解題技巧超攻略！

Ch2
針對「不同發問模式」的
100%解題技巧超攻略！

Ch3
馬上小試身手！
試著做簡單的題目吧！

Ch4
再來挑戰稍微
有點難度的題目！

Ch5
最後挑戰
迷你模擬考！

「同義詞」發問模式

每次考試大約出2~5題。以取得高分為目標的考生千萬不可貿然作答，請仔細確認文章中用詞的語意及細微差異。

　　題目中寫著The word/phrase "..." in paragraph X, line Y, is closest in meaning to即表示此題必須從選項中選擇出與" "內的單字有相同意義的詞。這是最簡單的題目之一，也是能最快解答出來的問題。改制之前考的主要是單字，改制後選項不再只有單字，還出現了片語。這一類相當好作答的題目一定要得分啊！

　　然而，有一點得注意的事項。單字有不只一個意義，只看" "部分的單字就想「啊！我認識這個單字！」，於是在沒有閱讀前後文的狀況下選擇了最常見語意的選項，此時相當容易犯錯。這就是特別設計出來的陷阱題，考生要選擇的不是其單字基本的字義，而是延伸的其他語意（例如：字典中補充說明的意思，或甚至沒有寫在字典上的語意……等等），題目提到closest，因此只要選擇意思最接近的單字或片語即可。

　　若時間允許，請再次閱讀該單字在文章中的前後文，確認語意是否正確。

　　除此之外，第五大題中考出的單字及片語，也常在第七大題考同義詞的題目裡出現。

CHAPTER 3

馬上小試身手！
試著做簡單的題目吧！

瞭解了第七大題常出現的發問模式、文章種
類及特徵、解題方法之後，馬上來挑戰一下
練習題吧！同時附上詳細的解說和注釋，完
成練習題之後也別忘了好好藉此複習一遍
喔！

簡易閱讀練習 ❶

Questions 1-3 refer to the following e-mail.

To:	Emily Miller <emiller@nextmail.com>
From:	Alice Watts <awatts@eastway.com>
Date:	June 6
Subject:	Interview

Ms. Miller,

Thank you for coming to the first round of interviews last month. Since we had more candidates than anticipated, it took longer than expected to inform you of the result. Thank you for your patience.

We are impressed with your experience as sales manager at King Mart and have found it significantly valuable to us. Therefore, we would like to invite you to a second interview to further discuss employment opportunities. Interviews are scheduled for 11:00 A.M. and 2:30 P.M. on June 15. Please respond by e-mail with your preferred time slot by June 10.

I look forward to hearing from you and meeting you again next week.

Regards,

Alice Watts

1. **When did Emily Miller most likely meet Alice Watts?**
   (A) In April
   (B) In May
   (C) In June
   (D) In July

2. **What is stated as being an important quality for job candidates?**
   (A) Patience
   (B) Experience
   (C) Availability
   (D) Anticipation

3. **What information should Ms.Miller include in her response to Ms.Watts?**
   (A) Details about previous work experience
   (B) Accurate contact information
   (C) A list of references
   (D) Requested time for an interview

簡易閱讀練習 **1** 的中譯

問題1～3請見以下電子郵件

電子郵件的收件人

收件者：	Emily Miller <emiller@nextmail.com>
寄件者：	Alice Watts <awatts@eastway.com>
日期：	6月6日
主旨：	面試

電子郵件的寄件人

電子郵件的收件人

問題1的提示
6月6日的上個月

Miller小姐

感謝您參加上個月的第一次面試，由於面試人數超乎預期，我們花了比想像中還多的時間才能向您告知結果，非常感謝您的耐心等候。

問題2的提示

我們對您曾於King Mart擔任銷售經理的經驗有極深的印象，且認為您的經驗對我們而言非常有價值。因此我們希望邀請您參加第二次面試，並進一步討論就業機會。面試被安排於6月15日的上午11:00及下午2:30舉行，請於6月10日之前以電子郵件回覆您方便前來的時段。

問題3的提示

我期待您的回覆以及與您在下週再次相見。

致上我的問候，

電子郵件的寄件人

Alice Watts

Ch1
針對「各種題型」的
100%解題技巧超攻略！

Ch2
針對「不同發問模式」的
100%解題技巧超攻略！

Ch3
馬上小試身手！
試著做簡單的題目吧！

Ch4
再來挑戰稍微
有點難度的題目！

Ch5
最後挑戰
迷你模擬考！

簡易閱讀練習 ❶ 的答案與詳解

解答　1.(B)　2.(B)　3.(D)

詳解

| 問題 1 |　相互參照題型

Emily Miller過去最有可能是在何時見到 Alice Watts的？

(A) 4月

(B) 5月

(C) 6月

(D) 7月

　　必須參照文章中兩個部分才能解答的題型，叫做「相互參照題型」。

　　問題中的Emily Miller在文章中左上方的收件者欄（寫於To:之後），且在信件中也寫在最上方的收件人處，因此我們可以知道Emily Miller是電子郵件的收件人。

　　信頭的From:之後和名字位於信件結尾的Alice Watts則為寄件人。

　　寄件人Watts小姐在信件內容的第一句中寫到「上個月的第一次面試」，因此可以知道Emily Miller和Emily Miller是在上個月見到的。要得知上個月是幾月就必須確認電子郵件的日期處，也就是左上角Date:之後的內容。此封郵件於6月6日寄出，上個月是5月，故正確答案為(B)。

| 問題 2 |

文章中所敘述，應徵者擁有的重要資質為何？

(A) 耐性

(B) 經驗

(C) 可利用性

(D) 預期

第2段的第一句為：We are impressed with your experience as sales manager at King Mart and have found it significantly valuable to us.「我們對您曾於King Mart擔任銷售經理的經驗有極深的印象，且認為您的經驗對我們而言非常有價值。」因此答案為(B)。

| 問題 3 |

Miller小姐給予Watts小姐的回覆中需包含什麼資訊？

(A) 前一份工作經驗的細節

(B) 正確的聯絡資訊

(C) 參考文獻清單

(D) 要求的面試時間

第2段的後半為：Interviews are scheduled for 11:00 A.M. and 2:30 P.M. on June 15. Please respond by e-mail with your preferred time slot by June 10.「面試被安排於6月15日的上午11:00及下午2:30舉行，請於6月10日之前以電子郵件回覆您方便前來的時段。」因此Miller小姐必須回覆給Watts小姐的資訊為(D)。

註釋

the first round of interviews（第一次面試）

candidate（候選人、後補者）　anticipate（預期、預料）

inform（通知）　patience（耐性）

be impressed with...（使……對……印象深刻）

experience（經驗）　significantly（顯著地）

valuable（有價值的）　therefore（因此）

further（進一步的）　preferred time slot（較喜好的時段）

look forward to...（期待……）

most likely（很有可能）　state（陳述）

anticipation（預期）　include（包含）

detail(s)（詳情）　previous（先的、以前的）

accurate（準確的）　reference（參考文獻）

簡易閱讀練習 ❷

Questions 4-6 refer to the following letter.

Center Wind Library
www.centerwindlibrary.org

March 27
Walter Ogyampah
16 Juaso Nsawam Road

Dear Mr. Ogyampah,

We are reaching out to you to inform you of the wonderful new upgrades that have taken place in our building. Since you hold a registered library card, we thought that you would want to know.

Aside from general improvements such as painting and maintenance work, we now offer several new amenities:

Small conference rooms (available to nonprofit groups at no expense)

Children's reading room

Computer room with Internet connectivity (family-friendly Web filters installed)

Cafe

Large conference room (available to any group for a nominal fee)

Performing all of this work took time, which was why, unfortunately, the library was closed for four months. Now, however, we are ready to serve our community better than ever.

We hope that you and your friends and family will take the time to stop by our location.

We are funded through a mix of user fees, public funds, and generous donations. To learn more about us, including volunteer opportunities and donations, please visit the Web link at the top of this letter.

Sincerely,

Geraldine Diawu

Geraldine Diawu
Public Relations Manager

---

4. What is the purpose of the letter?
(A) To ask for donations
(B) To explain a plan
(C) To outline changes
(D) To request feedback

5. What is indicated about the conference rooms?
(A) They are next to the children's reading room.
(B) They are above the main cafe.
(C) They are only for use by nonprofit groups.
(D) They are sometimes offered free of charge.

6. According to Ms. Diawu, why was the library closed for a time?
(A) To perform some renovations
(B) To move to a new location
(C) To train new volunteers
(D) To wait for government funding

簡易閱讀練習 ❷ 的中譯

問題4～6請見以下信件

Center Wind圖書館
www.centerwindlibrary.org

3月27日
Walter Ogyampah ← 此封信的收件人
16 Juaso Nsawam路

親愛的Ogyampah先生： ← 第4題的提示

特以此信通知您本圖書館Center Wind建築近期完成的新裝修內容。也許持有記名圖書卡的您會有興趣了解詳細情況。

除了油漆、維修等一般改善工程之外，我們現在還提供了幾項新設施：

小會議室（非營利團體可免費使用） ← 第5題的提示
兒童閱讀室
網際網路電腦室（裝有適合全家使用的網頁過濾器）
咖啡廳
大會議室（任何團體皆可以低價租借）

← 第6題的提示

進行這些裝修需要花費大量時間，因此很遺憾地，本圖書館休館了四個月。不過我們現在準備好要提供這個社區比以前都還要更棒的服務了！

我們衷心期盼您與您的朋友、家人能夠來此造訪。

本館的資金來源為用戶費、公共基金及大量捐款。若想得知志工招募、捐款等更多關於本館消息，請見此信件開頭網址。

敬啟

Geraldine Diawu
公關經理
Geraldine Diawu ← 此封信的寄件人

簡易閱讀練習 ❷ 的答案與詳解

解答　4.(C)　5.(D)　6.(A)

詳解

| 問題 4 |　詢問信件主旨題型

此封信件的主旨為何？

(A) 募款

(B) 說明計畫

(C) 傳達裝修的概要

(D) 請求回饋

....

　　信件的目的有時會和電子郵件一樣寫在開頭，但也有些例外是寫於文中，考生須特別注意。此題則是寫於文章開頭。

　　第一段的第一句為We are reaching out to you to inform you of the wonderful new upgrades that have taken place in our building.「特以此信通知您本圖書館Center Wind建築近期完成的新裝修內容」，正確答案(C)。

| 問題5 |　核對題

關於會議室的敘述何者正確？

(A) 會議室在兒童閱讀室旁邊。

(B) 會議室在主要咖啡廳的樓上。

(C) 它們只提供給非營利社團使用。

(D) 它們有時可免費使用。

以 "What is indicated" 開頭的題目即為核對題。

conference rooms「會議室」包含了Small conference room「小會議室」和Large conference room「大會議室」，第三段第一句小會議室的説明寫著Small conference rooms(available to nonprofit groups at no expense)「小會議室（非營利團體可免費使用）」，將此換句話説即是(D) They are sometimes offered free of charge.「它們有時可免費使用」，此為正確答案。

文章中並無提到會議室位置，因此不可選擇(A)、(B)。而選項(C)則清楚記載著Large conference room(available to any group for a nominal fee)「大會議室（任何團體皆可以低價租借）」，不為正確內容。此題也可以刪去法解題。

| **問題6** |

根據Diawu先生所說，為什麼圖書館閉館了一陣子？
(A) 為了進行裝修
(B) 為了搬遷到新地點
(C) 為了訓練新志工
(D) 為了等政府的資金

此信件的寄件人為署名於信件左下方的圖書館公關經理Geraldine Diawu，收件人則是寫於信件左上角的Walter Ogyampah。

關於圖書館閉館的資訊寫於倒數第三段。Performing all of this work took time, which was why, unfortunately, the library was closed for four months.「進行這些裝修需要花費大量時間，因此很遺憾地，

本圖書館休館了四個月。」，由此可得知選項(A)為正確答案。

註釋

upgrade（改進、升級）	since（因為）
hold（擁有、持有）	registered（註冊的、登記過的）
aside from...（除此之外）	general（一般的、普遍的）
improvement（改善處）	such as...（例如）
amenity（[使生活過得舒適的]	conference room（會議室）
福利設施）	
available（可利用的、可使用的）	nonprofit（非營利的）
expense（費用、支出）	
Internet connectivity（網際網路存取）	
family-friendly（適合家庭的）	
installed（安裝）	
nominal（微不足道的）	fee（費用）
perform（執行）	unfortunately（遺憾地）
however（然而）	be ready to...（準備做……）
serve（服務）	fund（提供資金）
public fund（公共資金）	generous（大量的）
donation（捐款）	public relations（公關部門、公
	關活動）
purpose（目的）	indicate（指示、指出）
free of charge（免費）	according to...（根據……）
train（訓練、培養）	

簡易閱讀練習 ❸

Questions 7-8 refer to the following text-message chain.

Brian Davis: 11:37 A.M.

Just received confirmation from the client, Delta Investment Group, that we can go ahead with the printing of their new brochure. They were very pleased with the changes that we made.

Don Radford: 11:38 A.M.

Great news!

Brian Davis: 11:38 A.M.

I am heading back to the office now. I will be there shortly.

Don Radford: 11:39 A.M.

Would you mind stopping by Peacock Inks on the way? The ink we ordered is ready for pickup. They just called. That way we can get started with the Delta brochures today.

Brian Davis: 11:40 A.M.

Not a problem, but I don't have the corporate credit card with me.

Don Radford: 11:41 A.M.

No need. They will bill us at the end of the month. See you when you get here. Thanks.

---

7. **For what kind of business do Mr. Davis and Mr. Radford work?**
   (A) A catering service
   (B) A pet store
   (C) An investment bank
   (D) A printing company

8. **At 11:40 a.m., What does Mr. Davis mean when he writes, "I don't have the corporate credit card with me"?**
   (A) He will apply for a loan.
   (B) He lost his wallet recently.
   (C) He isn't sure how to pay.
   (D) He doesn't like borrowing.

以這樣的幹勁力，
繼續加油！

簡易閱讀練習❸的中譯

問題7～8請見以下文字簡訊。

Brian Davis:　　　　　　　　　　　　11:37 A.M.
剛收到客戶Delta投資集團的確認，我們可以開始印
刷他們的新宣傳小冊子了。他們非常滿意我們所做
的修改。　　　　　　　　第7題的提示

Don Radford:　　　　　　　　　　　　11:38 A.M.
這消息真棒！

Brian Davis:　　　　　　　　　　　　11:38 A.M.
我在回公司路上了。很快就會到。

Don Radford:　　　　　　　　　　　　11:39 A.M.
你方便去順路去一趟Peacock Inks嗎？我們之前訂的
墨水已經可以拿了。他們剛才有打電話通知。如此一
來我們就能在今天開始印製Delta的宣傳小冊子了。

Brian Davis:　　　　　　　　　　　　11:40 A.M.
沒問題，但是我身上沒帶公司的商務卡。
　　　　　　　　第8題的提示

Don Radford:　　　　　　　　　　　　11:41 A.M.
沒關係，他們月底會將帳單寄到公司。那就待會公
司見囉！謝謝。

簡易閱讀練習 ❸ 的答案與詳解

解答　7.(D)　8.(C)

詳解

｜ 問題7 ｜

Davis先生和Radford先生在哪一類的公司工作？

(A) 餐飲業

(B) 寵物店

(C) 投資銀行

(D) 印刷公司

在最一開始的訊息中Just received confirmation from the client「剛收到客戶的確認」之後緊接著we can go ahead with the printing of their new brochure「可以開始印刷他們的新宣傳小冊子了」，因此可得知(D)的印刷公司為正確答案。

｜ 問題8 ｜

上午11點40分時，Davis先生傳送的 "I don't have the corporate credit card with me" 是什麼意思？

(A) 他將申請貸款。

(B) 他最近遺失了錢包。

(C) 他不確定如何付錢。

(D) 他不喜歡借東西。

從11點37分時Brian Davis先生的訊息可以推測出是印刷公司的職員之間的對話。在了解這個資訊後繼續閱讀，則可得知Brian Davis先生正在外出中，且Don Radford拜託他在回公司的路上順道去領取預訂的墨水。而他在11點40分回應了I don't have the corporate credit card with me.「但是我身上沒帶公司的商務卡」，因此正確答案為(C)。題目與選項之間會以換句話說的方式出題，請考生多加注意。

註釋

confirmation（確認）	client（客戶、顧客）
investment（投資）	
go ahead with（著手做[工作]）	
brochure（小冊子）	
be pleased with...（對……感到滿意、對……感到高興）	
head back to...（回去……）	
shortly（立刻、不久）	on the way（在去的路上）
get started with...（開始……）	
corporate credit card（商務信用卡）	
bill（帳單）	
apply for...（申請……）	wallet（錢包）
borrow（借入）	

Ch1
針對「各種題型」的
100%解題技巧超攻略！

Ch2
針對「不同發問模式」的
100%解題技巧超攻略！

Ch3
馬上小試身手！
試著做簡單的題目吧！

Ch4
再來挑戰稍微
有點難度的題目！

Ch5
最後挑戰
迷你模擬考！

Questions 9-12 refer to the following notice.

September 18

Asking for your understanding

Due to an unseasonably high number of guests over the last few days, we have not been able to schedule a full staff. A large number of our staff are employed at the inn seasonally and many of them have left until next spring. As a result, responses to requests from guests may not always be done as promptly as normal.

The Davenport Inn prides itself on having a high level of customer service and we deeply regret any inconveniences that this situation may cause to our important guests. In order to compensate guests for any inconveniences, we would like to extend all guests a 20% discount on accommodations until September 30, the last day of the current season.

Also, please keep in mind that you may experience delays when checking out. We recommend that you take advantage of our express checkout, which can be done through the in-room TV menu.

We hope you will understand that we are doing all we can make your stay as pleasant as possible. If you should have any questions or concerns, please feel free to contact any of our staff at the front desk.

Stephanie Carr
General Manager

9. **For whom is the notice most likely intended?**
   (A) Restaurant diners
   (B) Hotel guests
   (C) Bank clients
   (D) Office workers

10. **Why is the hotel short-staffed?**
    (A) Local workers are on strike.
    (B) There was a mistake with the schedule.
    (C) Twenty percent of staff are sick.
    (D) Many workers have left until the next season.

11. **When does the inn close for the season?**
    (A) At the end of this month
    (B) After the Thanksgiving holiday
    (C) Next spring
    (D) When all the guests have left

12. **How can guests avoid long lines at the end of their stay?**
    (A) By leaving early in the morning
    (B) By making a reservation
    (C) By contacting the hotel manager
    (D) By using an express checkout

簡易閱讀練習 ❹ 的中譯

問題9～12請見以下通知。

9月18日 ← 發出通知的日期

不便之處，敬請見諒

　　由於這幾天非季節性的高顧客人數，本公司無法安排足夠的員工。旅館內大多數員工為季節性雇用，且明年春天才會復工。因此，顧客的要求可能無法如平時那麼快地得到回應。

第9題的提示　　　第10題的提示

　　Davenport旅館相當自豪於其高品職的顧客服務，我們對可能造成重要顧客的不便而深感抱歉。作為補償，到此季最後一天的9月30日之前，我們提供所有顧客住宿費用八折的優惠。

↑ 第11題的提示

　　另外，退房時可能會有耽擱到您寶貴時間的狀況發生，建議您可以透過房間內的電視選單快速退房。

第12題的提示

　　我們致力於使您有最愉快的住宿體驗。若您有任何問題或擔憂，歡迎隨時告知櫃台人員。

總經理
Stephanie Carr

Ch1
針對「各種題型」的
100%解題技巧超攻略！

Ch2
針對「不同發問模式」的
100%解題技巧超攻略！

Ch3
馬上小試身手！
試著做簡單的題目吧！

Ch4
再來挑戰難度稍微
有點難度的題目！

Ch5
最後挑戰
迷你模擬考！

簡易閱讀練習 ❹ 的答案與詳解

解答　9.(B)　　10.(D)　　11.(A)　　12.(D)

詳解

| 問題9 |
此通知最有可能是寫給誰的？
(A) 餐廳顧客
(B) 旅館顧客
(C) 銀行客戶
(D) 公司員工

　　我們可以從第一段第三行的inn、第五行的guests、第二段第五行的accommodations推測出這份通知可能是寫給住宿於旅館的顧客。而只要閱讀到第三段就可以確認的確是如此，正確答案為(B)。

　　第七大題常出現與旅館有關的題目，這時guest所代表的即為「於旅館住宿的顧客」。

　　notice（通知）題型可能就會出現如此題詢問「此通知最有可能是寫給誰的？」的題目。

| 問題10 |
為什麼旅館人手不足？
(A) 當地勞工罷工。
(B) 排班時間上有誤。
(C) 有2成的員工生病了。

(D) 大部分的員工在下一季才會復工。

由第一段的第二～第四行，A large number of our staff are employed at the inn seasonally and many of tham have left until next spring.「旅館內大多數員工為季節性雇用，且明年春天才會復工」即可得知旅館人手不足的原因為(D)。

| 問題11 | 相互參照題
旅館本季營業到何時？
(A) 這個月底
(B) 在感恩節之後
(C) 明年春天
(D) 所有顧客離開之後

由第二段的最後，we would like to extend all guests a 20% discount on accommodations until September 30, the last day of the current season.「到此季最後一天的9月30日之前，我們提供所有顧客住宿費用八折的優惠」可得知本季最後營業日為9月30日。

選項中並沒有9月30日，但文章左上角有標示日期為September 18，因此可知此通知是於9月發出，選項(A)的At the end of this month「這個月底」即為正確答案。本題必須要確認文章的2處才能解題，也就是相互參照的題目。

Ch1
針對「各種題型」的
100%解題技巧超攻略！

Ch2
針對「不同發問模式」的
100%解題技巧超攻略！

Ch3
馬上小試身手！
試著做簡單的題目吧！

Ch4
再來挑戰稍微
有點難度的題目！

Ch5
最後挑戰
迷你模擬考！

| 問題12 |

顧客可以怎麼避免退房時大排長龍？

(A) 早上早一點退房

(B) 進行預約

(C) 聯絡旅館的經理

(D) 使用快速退房服務

　　由第三段的you may experience delays when checking out. We recommend that you take advantage of out express checkout, which can be done through the in-room TV menu.「退房時可能會有耽擱到您寶貴時間的狀況發生，建議您可以透過房間內的電視選單快速退房」可得知正確答案為(D)。

註釋

due to（因為、由於）	unseasonably（不合時宜、不合時機）
inn（旅館）	seasonally（季節性地）
promptly（迅速地、立即地）	pride（自豪、得意）
regret（懊悔、遺憾）	inconvenience（麻煩、不便）
in order to…（為了……）	compensate（補償、彌補）
extend（提供）	accommodation（住處）
current season（本季）	keep in mind（記住）
delay（延遲、延誤）	in-room TV menu（室內電視選單）
pleasant（令人愉快的）	
intend（想要、打算）	short-staffed（人手短缺的）
strike（罷工）	line（行列、隊伍）

CHAPTER 4

再來挑戰稍微
有點難度的題目！

接下來就是稍微有點難度的題目了。整體難
易度又更接近正式考試，而其中的單篇閱讀
（閱讀一篇文章並作答）的題目已相當於正
式考題，請多加留意並挑戰看看吧！

Questions 1-4 refer to the following e-mail.

To:	Ali Larijani <a.larijani@meosonuniversity.com>
From:	Veronica Winters <veronica.winters@tebcbroadcasting.net>
Date:	September 8
Subject:	Rapid Money

Dear Professor Larijani,

We would like to invite you to appear on our popular business show *Rapid Money*. We are in our 12th year of broadcasting, and are well-respected among industry experts. As one of the most notable figures in personal money management, we believe that your appearance on the program would greatly benefit our viewers.

Our tentative plan is for you to appear on the October 12 recording of the show. There is no studio audience, but we normally take three to four viewer questions, which are received by either e-mail or posted on our social media site.

Interviewees are not compensated, however, we cover all travel costs, including business class flight tickets, a 2-night stay at a local hotel, and a $375 per diem to cover any incidental expenses related to your travel. Your appearance would also be an opportunity for you to discuss your latest book, *Your Future Dollars*.

We hope that you will view this offer favorably. Please contact me at your first opportunity.

Sincerely,

Veronica Winters
Producer
Rapid Money Show
TEBC Broadcasting Co.

1. **Why was the e-mail written?**
    (A) To offer an invitation
    (B) To recruit new staff
    (C) To ask about a theory
    (D) To promote a TV show

2. **What is indicated about Rapid Money?**
    (A) It is a program that was recently launched.
    (B) It is the most popular production among business media.
    (C) It has redesigned its main social media sites.
    (D) It has established a positive reputation among analysts.

3. **What is suggested about the viewers?**
    (A) They will appear as part of the live audience.
    (B) They will get e-mailed summaries of the interview.
    (C) They will have a chance to submit questions online.
    (D) They will post their ideas about changing the show format.

4. **What is NOT mentioned as something that Professor Larijani may receive?**
    (A) Exposure for a publication
    (B) Complimentary accommodations
    (C) A payment to cover daily travel expenses
    (D) A place to meet other scholars in his field

強化難度閱讀練習 ❶ 的中譯

問題1～4請見以下電子郵件。

收件人

收件者：	Ali Larijani <a.larijani@meosonuniversity.com>
寄件者：	Veronica Winters<veronica.winters@tebcbroadcasting.net>
日期：	9月8日
主旨：	Rapid Money

信件的收件人，被邀請的人

親愛的Larijani教授：

第1題的提示　　　　　　第2題的提示

我們想邀請您參加熱門商業節目*Rapid Money*。本節目已迎
來第12個年頭，且備受專家推崇。我們相信身為個人資產管
理領域最知名的專家，您的參與將能使觀眾獲益良多。

第2題的提示

本節目組暫定您於10月12日參與節目錄影，現場無觀眾，但
一般都會回答三至四個觀眾，透過電子郵件，或本節目社群
網站提出的問題。

第3題的提示

受訪者並無酬勞，不過，本節目將全額負擔所有旅行費用，
包括來回商務艙機票、兩晚的當地旅館住宿，以及每日375元
的零用金。您這次上節目，也正是談論您新書「*Your Future
Dollars*」的好機會。

第4題的提示

希望您會接受這個提議，並請盡速連絡我們。

敬啟

製作人
Veronica Winters
Rapid Money秀
TEBC 電視節目公司

強化難度閱讀練習 ❶ 的答案與詳解

> 解答　1.(A)　2.(D)　3.(C)　4.(D)

詳解

| 問題1 | 問電子郵件主旨的題目

為什麼要寫這封電子郵件？

(A) 提出邀請　　　　　　　　　(B) 招募新員工

(C) 對學說提出疑問　　　　　　(D) 宣傳電視節目

　　此問題雖然問的方法有些不同，但其實與電子郵件題型常見的 What is the purpose of the e-mail?「此封電子郵件的主旨為何？」是同樣的。電子郵件大多以重要事項開頭，因此重點常在第一段就寫出。由文章的第一段第1～2行 We would like to invite you to appear on our popular business show Rapid Money.「我們想邀請您參加熱門商業節目Rapid Money」可得知正確答案為(A)。

| 問題2 | 核對題

關於Rapid Money，下列何者正確？

(A) 這是個最近才開始的新節目。　(B) 它是所有商業媒體裡最受歡迎的。

(C) 它重新設計了主要社群網站。　(D) 它得到分析師們的好評

　　以What is indicated開頭即為核對題。正因為是核對題，我們必須仔細核對各選項及文章內容。我們可以從第一段第2行得知Rapid Money一節目名稱。而將接續的句子We are in our 12th year of broadcasting, and are well-respected among industry experts.「本節目已迎來第12個年頭，且備受專家推崇」換句話說即可得出(D)為正確答案。

| 問題3 | 核對題

有關於觀眾，下列何者正確？

(A) 他們將作為現場觀眾出席。

(B) 他們將收到含有訪問大綱的電子郵件。

(C) 他們有機會在網路上提出問題。

(D) 他們將發表關於改變節目模式的意見。

　　以What is indicated開頭即為核對題。正因為是核對題，我們必須逐項核對選項及文章內容。關於viewers的資訊我們可從第二段的第2～4行得知There is no studio audience, but we normally take three to four viewer questions, which are received by either e-mail or posted on our social media site.「現場無觀眾，但一般都會回答三至四個觀眾透過電子郵件，或本節目社群網站提出的問題。」，答案為(C)。這裡使用到的audience與viewers意義相同。

| 問題4 | NOT題

關於Larijani教授會收到的東西，下列何者錯誤？

| (A) 出版物的曝光 | (B) 免費的住宿 |
| (C) 旅行費用的支付 | (D) 見到其他相同領域學者的機會 |

　　參加節目的來賓可以得到的東西寫於第三段。只要將選項一一對照來賓得到的東西、用刪去法，即可得出正確答案。

　　選項(A)的資訊寫於第4～6行的Your appearance would also be an opportunity for you to discuss your lastest book, Your Future Dollars.「您這次上節目也正是談論您新書「Your Future Dollars」的好機會」，而選項(B)、(C)的資訊則寫於第1～3行的we cover all travel costs, including business class flight tickets, a 2-night stay at a local hotel「本節目將全額負擔所有旅行費用，包括來回商務艙機票、兩晚的當地旅館住宿」，唯選項(D)的內容並沒有寫在文章中，即(D)為正確答案。

註釋

rapid（迅速的）
appear（演出、出現）
among（在……之中）
expert（專家）
appearance（露面、演出）
tentative（暫時的）
interviewee（受訪者）
per diem（每日）
expense（費用、支出）
related to...（與……有關）
opportunity（機會）
favorably（善意地）

invitation（邀請、請帖）
theory（學說）
launch（開始）
reputation（名譽）
summary（概要、摘要）
exposure（宣傳、曝光）
complimentary（免費的）
scholar（學者）

invite（邀請、招待）
broadcasting（播放）
industry（產業、行業）
notable figure（著名人物）
benefit（受惠）
either A or B（A或B兩者任一）
compensate（酬報）
incidental（附帶的）

latest（最新的、最近的）

recruit（招募新成員）
promote（宣傳）
establish（設立）
analyst（分析師）
submit（提交）
publication（出版物）
accommodation（住宿處）

Questions 5-7 refer to the following advertisement.

70 SHATSBY STREET

www.shatsbyliving.com

Great Atmosphere, Great Living

70 Floors of Outstanding Luxury
Accepting Rental Applications now
Renters may move in from December 9

✓ Choose from 1, 2 and 3-bedroom units
✓ Balconies attached to some units
✓ City and river views available
✓ Secure entry and parking
✓ Desk and maintenance staff available 24 hours
✓ Pet policy: Cats only
✓ Wireless Internet and Cable TV available from local providers
✓ Exclusive fitness center and sauna on premises

Applicants accepted based on:

➢ Income verification
➢ Credit history check
➢ Employment confirmation
➢ Rental history review

We are currently in the final stages of construction and our worksite is closed to the public. No in-person tours are available, but virtual ones can be made on our Web site.
Submit your renter's application online; those accepted before October 31 will receive 50% off the first month's rent.

Ch1
針對「各種題型」的
100%解題技巧超攻略！

Ch2
針對「不同發問模式」的
100%解題技巧超攻略！

Ch3
馬上小試身手！
試著做簡單的題目吧！

Ch4
再來挑戰稍微
有點難度的題目！

Ch5
最後挑戰
迷你模擬考！

5. **What is indicated about 70 Shatsby Street?**
   (A) It operates in multiple locations.
   (B) It trains all new employees.
   (C) It offers low-priced accommodations.
   (D) It provides various views for residents.

6. **According to the advertisement, what are applicants required to do?**
   (A) Prove that they have a job
   (B) Verify their move-in dates
   (C) Notify of any pet ownership
   (D) Choose an Internet provider

7. **What is available before October 31?**
   (A) A worksite tour
   (B) A rent consultation
   (C) A discount
   (D) An application fee waiver

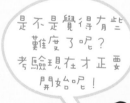

是不是覺得有些難度了呢？考驗現在才正要開始呢！

強化難度閱讀練習 ❷ 的中譯

問題5～7請見以下廣告單。

第5題的提示

70 SHATSBY STREET

www.shatsbyliving.com

極致的環境，極佳的生活

卓越奢華70層建築
現正接受租賃申請
12月9日後可搬入

- ✓ 可選擇1、2或3臥室
- ✓ 部分物件附有陽台　　　第5題的提示
- ✓ 可眺望街景及河岸風情
- ✓ 保全嚴密的入口及停車場
- ✓ 24小時大樓管理人員
- ✓ 飼養寵物規定：僅限貓咪
- ✓ 當地供應商提供無線網路及有線電視
- ✓ 附有房客專用健身房及三溫暖設施

接受申請者條件：

- ➤ 所得證明書
- ➤ 信用報告審查
- ➤ 僱用證明書　　第6題的提示
- ➤ 租賃履歷書審查

工程最近已進入到最後階段，且工程現場不對外開放。不可親自造訪現場，但您可於我們的網站上觀看內部虛擬景象。
請於線上提出租屋申請，
於10月31日前通過審查的房客可獲得第一個月租金半價的折扣。

第7題的提示

第7題的關鍵字

098

Ch1
針對「各種題型」的
100%解題技巧超攻略！

Ch2
針對「不同發問模式」的
100%解題技巧超攻略！

Ch3
馬上小試身手！
試著做簡單的題目吧！

Ch4
再來挑戰稍微
有點難度的題目！

Ch5
最後挑戰
迷你模擬考！

強化難度閱讀練習 ❷ 的答案與詳解

解答　5.(D)　6.(A)　7.(C)

詳解

| 問題5 | 核對題
關於70 Shatsby Street的敘述，下列何者正確？
(A) 營運於數地。
(B) 訓練所有的新員工。
(C) 提供低價住宿。
(D) 為居民提供多樣的景觀。

　　此為核對題，因此必須一一核對選項及文章內容。題目中提到的70 Shatsby Street寫於廣告單的開頭，我們可從廣告的內容推測出70 Shatsby Street是宣傳中的高級公寓名稱。由此公寓8項特徵中的第3項 "City and river views available"「可眺望街景及河岸風情」可知正確答案為(D)。

　　題目中使用到suggest「暗示」時，即使文中沒有明確寫出答案，只要可以推測出來正確含意即可。

| 問題6 |
根據廣告單的內容，申請者必須做些什麼？
(A) 證明他們有工作
(B) 確認搬入日期
(C) 告知有無飼養寵物
(D) 選擇網際網路供應商

文章後半段的Applicants accepted based on「接受申請者條件」列出了四項條件。第三項條件為Employment confirmation「僱用證明書」，由此可知答案為(A)。

| 問題7 |
在10月31日之前，以下何者是可行的？
(A) 參觀工程現場
(B) 租賃諮詢
(C) 享有折扣
(D) 免除申請費用

　　問題中的關鍵字October 31位於文章的最後一行。該句內容為Submit your renter's application online「請於線上提出租屋申請」，緊接著those accepted before October 31 will receive 50% off the first month's rent.「於10月31日前通過審查的房客可獲得第一個月租金半價的折扣」，可由此得知正確答案為(C)的A discount。

註釋

atmosphere（氣氛、環境）	outstanding（卓越的、出眾的）
luxury（奢華的、豪華的）	accept（接受）
application（申請書）	renter（房客）
move（搬家）	attached（附屬的）
view（景象、視野）	available（可用的）
secure（守備森嚴的）	exclusive（專用的）
premises（房地產）	income verification（所得證明書）
credit history（信用報告）	

employment confirmation（僱用證明書）

currently（現在）

construction（建設）

worksite（工程現場）

in-person tour（親自參觀）

virtual（虛擬的）

submit（提出）

rent（租金、租費）

operate（營業、營運）

multiple（多個的）

train（訓練、鍛鍊）

employee（員工）

require（需要）

prove（證明）

verify（核對、證實）

move-in date（搬入日期）

notify（通知）

consultation（諮詢）

fee（手續費）

waiver（棄權聲明書、免支付協議）

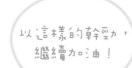

以這樣的幹勁，繼續加油！

Questions 8-11 refer to the following article.

Business Around Town

—by Sam Harris, special correspondent

(January 27) Yesterday marked the opening of the first Star Syte Discounts store in the city. [1] The store opened in the Central District, an area now rapidly expanding, owing to a variety of shops, restaurants, and cinemas that it is steadily drawing.

Yeon-mi Bae, a spokesperson for the company, said the location was chosen because of its proximity to major roadways, including Highway 912 and Furfeld Expressway. [2] "Our customers place great importance on being able to reach us easily, and this location helps in that," she wrote in the press release accompanying the event. [3] Even before the doors opened for the first time at 10:00 A.M., there was a line of customers waiting to get inside. [4]. Relatively low commercial property prices seemed to have influenced the firm's decision.

When Yeon-mi Bae was asked about whether the location was in fact the right choice, she gave a confident response. "We choose areas that are affordable and popular, which is a perfect match for our product lines. The long line of people you see outside proves that this was the right choice."

---

8. **What is the article about?**
(A) A business launch
(B) A product release
(C) A seasonal sale
(D) A construction project

9. **According to the article, what is true about the Central District?**
(A) It is the biggest section of the city.
(B) It is changing its development goals.
(C) It is attracting more retail outlets.
(D) It is attracting more upscale residents.

10. **What does Ms. Bae mention as important to customers of Star Syte Discounts?**
(A) Having easy road parking
(B) Paying very low item prices
(C) Buying major product brands
(D) Accessibility to the location

11. **In which of the following positions marked [1], [2], [3] and [4] does the following sentence best belong?**
Some analysts were critical of the move, wondering whether the company was wise in choosing to open in a downtown location.
(A) [1]
(B) [2]
(C) [3]
(D) [4]

Ch1
針對「各種題型」的 100%解題技巧超攻略！

Ch2
針對「不同發問模式」的 100%解題技巧超攻略！

Ch3
馬上小試身手！ 試著做簡單的題目吧！

Ch4
再來挑戰稍微 有點難度的題目！

Ch5
最後挑戰 迷你模擬考！

問題8～11請見以下報導。

商業區的生意
—記者Sam Harris

第8題的提示

（1月27日）Star Syte Discounts值得紀念的一號店於昨日在商業區開幕。[1]這間店開幕於現今發展相當迅速的中央區，其擁有多家店鋪、餐廳，甚至電影院。

第9題的提示

第10題的關鍵字

該公司的發言人Yeon-mi Bae表示，選擇此店址的原因為鄰近包含了Highway 912和Furfeld Expressway這兩條主要道路。[2]她更在活動上發言：「對我們的顧客來説，店鋪交通的便利性相當重要，此店址正好能符合此要件」[3]即使是新開幕那天，上午10點就已經有等待開店排隊人潮了。

第10題的提示

[4]。看來較低的房產價格也影響了該公司的決定。

第11題的提示

當Yeon-mi Bae被問到此店址是否為正確的選擇時，她充滿信心地回應：「我們選擇了能負擔的熱門地區設置店面，適合銷售我們的產品。你們看，那在店外大排長龍的隊伍，即證明了我們做的選擇是正確的。」

Ch1
針對「各種題型」的
100%解題技巧超攻略！

Ch2
針對「不同發問模式」的
100%解題技巧超攻略！

Ch3
馬上小試身手！
試著做簡單的題目吧！

Ch4
再來挑戰稍微
有點難度的題目！

Ch5
最後挑戰
迷你模擬考！

強化難度閱讀練習❸ 的答案與詳解

解答 8.(A)　9.(C)　10.(D)　11.(D)

詳解

| 問題8 | 詢問報導主題的題型
此篇報導主旨為何？
(A) 開啟新事業
(B) 發佈新產品
(C) 季節性特價
(D) 建設計畫

　　報導題型時常出現What is the subject of the article?「這篇報導的主旨為何？」這樣的問題。這時大多可以在第一段，特別是開頭第1～2句找到該篇報導的主旨。由第一段第1～2句的Yesterday marked the opening of the first Star Syte Discounts store in the city.「Star Syte Discounts值得紀念的一號店於昨日在商業區開幕」可知答案為(A)。

| 問題9 | 核對題
根據文章，下列關於Central District的敘述何者正確？
(A) 它是市內最大的區域。
(B) 它轉換了發展目標。
(C) 它吸引了更多的零售店。
(D) 它吸引了更多的高所得居民。

由於是核對題，我們必須要一一對照選項及文章內容。此題中並沒有使用到What is true...?、What is suggested...?和What is indicated...?這些有「暗示」意義的動詞，因此我們不需要進行推測。核對題時常會像這樣，以What is true...?的形式出題。

關於Central District的資訊寫於第一段。由文章第一段的第2~4行The store opened in the Central District, an area now rapidly expanding, owing to a variety of shops, restaurants, and cinemas that it is steadily drawing.「這間店開幕於現今發展相當迅速的中央區，其擁有多家店鋪、餐廳，甚至電影院」可得知正確答案為(C)。

| 問題10 | 關鍵字題

Bae小姐提到對Star Syte Discounts的顧客來說，下列哪一項是很重要的？
(A) 能夠輕鬆地將車輛停在路上
(B) 非常便宜的商品價格
(C) 買得到大公司產品
(D) 店鋪的位置相當好到達

題目中的關鍵字Ms. Bae在文章的第二段第1行。Bae小姐為Star Syte Discounts的發言人，said之後的句子即為她於記者會上發表的內容。由Our customers place great importance on being able to reach us easily,「對我們的顧客來說，店鋪交通的便利性相當重要」可知正確答案為(C)。

| 問題11 | （句子插入題）

以下句子應填入文章中 [1]、[2]、[3]、[4]的哪一處？

Some analysts were critical of the move, wondering whether the company was wise in choosing to open in a downtown location.

(A) [1]

(B) [2]

(C) [3]

(D) [4]

若您是多益600分左右程度的考生，這時可以考慮將此題放棄。適當地畫記一個選項後就接著作答下一題吧！此題相當耗時，須仰賴正確理解文章內容及快速閱讀的能力。

若是想挑戰看看的考生，只要在題目中看見句子插入題，就請先將內容記在腦海裡再開始閱讀文章內容。先作答其他題目後，再作答句子插入題，可避免又要浪費時間重複閱讀已讀過的部分。

此題要插入的句子為Some analysts were critical of the move, wondering whether the company was wise in choosing to open in a downtown location.「部分分析師針對此公司選擇於市中心展店的行動是否為明智的選擇進行了批判。」，[1]緊接於報導開幕內容之後，這時還未提到店址，因此語意不順。[2][3]為發言人發表關於店址的優點，以及證明開幕相當成功的內容，不適合填入對店址含有批判成分的句子。

因此，[4]成為後補答案。於[4]處將句子「部分分析師批判展店位置」插入看看，部分分析師批判展店位置→可能是因為地價便宜才做

出的選擇→發言人Yeon-mi Bae針對此問題做出回應（第三段），語意通順，正確答案為(D)。

註釋

article（報導）	correspondent（記者、通信員）
rapidly（迅速地）	expand（擴大）
owing to...（因為……）	
a variety of（各式各樣的）	steadily（逐漸地）
draw（吸引）	proximity（接近、鄰近）
roadway（車道）	
place importance on...（重視……）	
press release（新聞稿）	
accompany（伴隨、陪伴）	line（隊伍、行列）
relatively（相對地）	commercial（商業的）
property（房地產）	influence（影響）
right choice（正確的選擇）	confident（自信的）
response（回應）	affordable（付得起的）
prove（證明）	
launch（啟動、發起）	seasonal（季節的、季節性的）
construction（建設）	attract（吸引）
retail（零售）	outlet（商店、零售店）
upscale（高收入的）	resident（居民、住戶）
accessibility（容易到達）	critical（批判的）
wonder（疑惑）	wise（明智的）

Ch1
針對「各種題型」的
100%解題技巧超攻略！

Ch2
針對「不同發問模式」的
100%解題技巧超攻略！

Ch3
馬上小試身手！
試著做簡單的題目吧！

Ch4
再來挑戰稍微
有點難度的題目！`

Ch5
最後挑戰
迷你模擬考！

Questions 12-16 refer to the following e-mail and report.

To:	Operations Managers
From:	Ji-soo Han
Date:	April 9
Subject:	Sales

The consulting firm that we hired to research our sales over the past 18 months has concluded its work. Their work cost us $75,000, but the results seem useful. In follow-up meetings, they have advised us to focus our marketing efforts on our best-selling application, since that would have the biggest and most immediate impact on sales. We could advertise the application more on social media, Web search engines, and other digital platforms. At the same time, they have advised that our *Call Out* application has great potential since it is part of a fast-growing market. They have encouraged us to provide more design support to all of our applications in that genre. If we can add more appealing features to those applications, we should experience higher revenues. A point-by-point breakdown of their findings has been posted on the secure executive management reports section of our Web site. Let's go over that material and their suggestions in our videoconference with the R&D and Marketing groups tomorrow morning.

Regards,

Ji-soo Han
Strategy Director
Razonil Tech

Razonil Tech

Date: April 6

Application Sales–Summary Analysis

Made by Toslo Consulting
Private: For senior management only

Application	Genre	Rank this year	Rank last year
Smart Worm	Education	1	12
Magic Kids	Fantasy	2	3
Speeder	Action and Adventure	3	9
To the Stars	Science Fiction	4	2
Call Out	Music	5	17

Information is based on total global application sales. For detailed analysis of sales by country and consumer demographic, please see the accompanying summary.

12. **According to the e-mail, for what was there a $75,000 expense?**
    (A) A consulting company launch
    (B) A study on product popularity
    (C) A laboratory research program
    (D) A forecast on market regulations

13. **What information is NOT included in the report?**
    (A) Its creators
    (B) Its issue date
    (C) Its confidentiality level
    (D) Its scheduled update

14. **What genre is recommended to receive more design support?**
    (A) Fantasy
    (B) Action and Adventure
    (C) Science Fiction
    (D) Music

15. **Which application experienced the least amount of change in ranking?**
    (A) Smart Worm
    (B) Magic Kids
    (C) Speeder
    (D) To the Stars

16. **Where can readers find information about sales by country?**
    (A) In an earlier e-mail to department managers
    (B) On a secure section of the company Web site
    (C) In a consumer marketing publication
    (D) On a public table of industry application sales data

強化難度閱讀練習 ❹ 的中譯

問題12～16請見以下電子郵件及報告。

收件者：	各位營運主管
寄件者：	Ji-soo Han
日期：	4月9日
主旨：	銷售相關事項

第12題的關鍵字

我們僱用的顧問公司完成了本公司過去18個月間的銷售調查。此次諮詢費用共75000元，結果看來頗為有益。在後續會議中，他們建議本公司集中心力於熱銷應用程式，因為這將會對銷售上有最大及立即的衝擊。我們可以在社群媒體、搜尋引擎及其他數位平台上，多加宣傳該應用程式。顧問公司同時也指出本公司的*Call Out*應用程式，由於處於快速發展的市場，有相當大的潛力。他們鼓勵本公司提供更多設計支援給該領域的所有應用程式。若能為那些程式添加更多吸引力，我們將會獲取更多利益。顧問公司所提出的分析，已逐項發佈於本公司網站的加密經營管理主管報告區中。我們在明天早上與研究開發以及行銷團隊的視訊會議中，會再將那份調查報告及顧問公司的建議複習一遍。　第14題的關鍵字

僅致問候

第16題的關鍵字

策略部門主管
Ji-soo Han
Razonil Tech

Razonil Tech

日期：4月6日

應用程式銷售—分析概要

Toslo顧問公司製作

權限：僅限經營管理主管

此份報告的發表日

此份報告的書寫者

機密程度

} 第13題
的提示

應用程式	分類	今年度排名	去年度排名
Smart Worm	教育	1	12
Magic Kids	奇幻	2	3
Speeder	動作冒險	3	9
To the Stars	科幻	4	2
Call Out	音樂	5	17

第15題的提示

第14題的提示

此報告參考全球應用程式總銷售製成。各國的詳細銷售分析及顧客屬性請見附件的摘要。

第16題的提示

Ch1
針對「各種題型」的
100%解題技巧超攻略！

Ch2
針對「不同發問模式」的
100%解題技巧超攻略！

Ch3
馬上小試身手！
試著做簡單的題目吧！

Ch4
再來挑戰難度稍微
有點難度的題目！

Ch5
最後挑戰
迷你模擬考！

強化難度閱讀練習❹的答案與詳解

解答　12.(B)　13.(D)　14.(D)　15.(B)　16.(B)

詳解

| 問題12 | 關鍵字題
根據電子郵件，為什麼有75000的費用產生？
(A) 新開了一間顧問公司
(B) 一份商品熱門程度的調查
(C) 一個實驗室的研究計畫
(D) 一份市場規則的預報

　　題目寫有According to the e-mail「根據電子郵件」，我們可從此得知提示在就在電子郵件裡。關鍵字75000元位在第3行，先記住這個數字再從頭開始閱讀文章，便可得知此為諮詢費用。

　　正確答案的選項(B)中，將文章出現的study替換為research、sales替換為product popularity。從熱賣的商品聯想到很有人氣這點可幫助解題。近期的考試增加許多不直接寫出正確答案，而是要考生從文章內容進行推測的題型。若無法理解替換過的內容，那就使用刪去法來解題吧！

| 問題13 | NOT題
此份報告裡不包含下列哪項資訊？
(A) 製作者
(B) 發佈日期

(C) 機密等級
(D) 更新日程表

- -

　　題目中使用到in the report，我們可由此推測只要確認報告即可作答。報告中有包含(A)的製表者名Made by Toslo Consulting，(B)發佈日期為右上角的4月6日。(C)則寫於表格之上Private: For senior management only。private為「不公開的、私有的」之意。選擇報告中沒有提到的(D)為正確答案。

| 問題14 | (相互參照題)
哪一類的應用程式被建議要有更多設計上的支援？
(A) 奇幻類
(B) 動作冒險類
(C) 科幻類
(D) 音樂類

- -

　　電子郵件中的第9～10行our Call Out application has great potential since it is part of a fast-growing market「本公司的Call Out應用程式，由於處於快速發展的市場，有相當大的潛力」，緊接著說They have encouraged us to provide more design support to all of our applications in that genre.「他們（顧問公司）鼓勵本公司提供更多設計支援給該領域的所有應用程式」。而**Call Out**應用程式在報告中顯示為**Music**類別，因此正確答案為(D)。

Ch1
針對「各種題型」的
100%解題技巧超攻略！

Ch2
針對「不同發問模式」的
100%解題技巧超攻略！

Ch3
馬上小試身手！
試著做簡單的題目吧！

Ch4
再來挑戰稍微
有點難度的題目！

Ch5
最後挑戰
迷你模擬考！

| 問題15 |

哪一項應用程式的排名變動最少？

(A) Smart Worm

(B) Magic Kids

(C) Speeder

(D) To the Stars

　　從報告可以得知，排名變動最少的應用程式為去年第三名、今年第二名，排名只變動了一名的Magic Kids，答案為(B)。

| 問題16 | 相互參照題

讀者可以在哪裡找到各國的銷售資訊？

(A) 稍早寄給各部門經理的電子郵件中

(B) 公司網站上的加密區

(C) 消費者行銷出版刊物

(D) 業界銷售數據公開表

　　報告最底部寫有Information is based on total global application sales. For detailed analysis of sales by country and consumer demographic, please see the accompanying summary.「此報告參考全球應用程式總銷售製成。各國的詳細銷售分析及顧客屬性請見附件的摘要。」。但文章中卻沒有詳述附件摘要究竟在哪裡，只靠這樣的資訊是找不到答案的。

　　另一方面，電子郵件從下數來第6～4行則寫著A point-by-point breakdown of their findings has been posted on the secure executive management reports section of our Web site.「顧問公司所提出的分析，已逐項發佈於本公司網站的加密經營管理主管報告區中」。此處

的A point-by-point breakdown of their findings也就是報告內所說的the accompanying summary，因此正確答案為(B)。

這是個很快能找到第一個線索，但第二個線索卻要花費許多工夫的題型。

註釋

consulting firm（顧問公司）	hire（僱用）
over the past...（過去……期間）	
conclude（結束）	follow-up meeting（後續會議）
focus（集中）	effort（努力）
application（申請、請求）	immediate（立即的）
advertise（宣傳）	social media（社交媒體）
potential（可能性、潛力）	encourage（鼓勵、促進）
genre（風格、類型）	add（增加、添加）
appealing（有魅力的）	feature（特色）
experience（體驗）	
revenue（收入、收益）	
point-by-point（逐項）	
breakdown（分類、分析）	finding（研究結果）
material（素材、資料）	R&D（研究開發）
Strategy Director（戰略主管）	
summary（概要）	analysis（分析）
senior management（高級管理階層）	detailed（詳盡、詳細）
consumer demographic（消費者屬性）	accompanying（伴隨的）

expense（費用、支出）　　　　launch（啟動、發起）
popularity（流行、聲望）　　　laboratory（實驗室）
forecast（預測）　　　　　　　regulation（規則）
issue date（發行日）　　　　　confidentiality（秘密性、機密性）
update（更新、使升級）　　　　recommend（推薦）
the least amount of ...（最小量的……）
consumer marketing publication（消費者行銷刊物）
table（表格）　　　　　　　　industry（產業）

Questions 17-21 refer to the following advertisement, review, and e-mail.

Summer Festival

10:00 A.M.-11:30 P.M. daily
July 9-15
Gopewell Park

Food Stalls: Dozens of different menus from around the world

Performances include:
    Rhonda Flame (Rock music)
    Stephen and Cecelia (Magic show)
    Foot Power (Professional dance group)
    Gloria Segura (Comedy artist)

Souvenir and Gift Booths
Riverside boat races
Skates and bicycles for rent

...and much more!

No long lines at the booths this year: we promise!

Summer Festival was a Winner!

By Su-yeon Kim, Special Correspondent
July 17

The Summer Festival recently concluded, and the event can certainly be called a substantial success. Over 200,000 people are estimated to have visited. I myself attended on the first day, and was well pleased by the experience. I was relieved to see that the organizers kept the advertised pledge that they made this year about the booths. I also noted that parking around the event had been improved, with paid and free parking space options available to drivers. Once inside, everything was wonderful. The food stalls were particularly nice, offering a variety of Italian, Ethiopian, Mexican and other dishes. The combination of so many of these in one place was striking. My sole big disappointment was the cancellation of the Rhonda Flame performance, as I am a big fan of hers. I just skipped the replacement act that they brought on. I enjoyed seeing Stephan and Cecelia, though. Their performance was simply amazing.

Did you attend the festival? If yes, e-mail me your opinions: su-yeon@dailylifenews.com

To:	Su-yeon Kim <su-yeon@dailylifenews.com>
From:	Harold Dean <harry902@slidermail.com>
Date:	July 18
Subject:	Summer Festival

Dear Ms. Kim,

Just like you, I attended the recent Summer Festival. I agree that in many ways it was outstanding. I know that you did not like the cancellation. Even so, I wish you had remained instead of skipping the substitution. The replacement act, Isadora Langella, performed in the exact same genre as the originally planned performer. I hope that next year the festival is extended through, at least two weekends instead of one. That would allow more people to attend. The organizers of the event claim that it will only get "better and better" and I certainly trust that that will be the case.

Maybe I'll see you there next year!

Regards,
Harold

17. What is one common feature of the festival days?

(A) There are multiple leisure options for visitors.

(B) All of the main events take place on a single day.

(C) The entire event can be accessed through one ticket.

(D) None of the activities are scheduled before noon.

18. Why was Ms. Kim relieved about the booths?

(A) Their foods were exceptionally tasty.

(B) Their gifts were quite unique.

(C) Their lines were relatively short.

(D) Their promised prices were low.

19. In the review, the word "striking" in paragraph 1, line 12, is closest in meaning to

(A) impressive

(B) powerful

(C) direct

(D) targeted

20. What genre did Isadora Langella perform in?

(A) Rock music

(B) Magic

(C) Dance

(D) Comedy art

21. What does Mr. Dean hope will happen at next year's festival?

(A) It will have more performances.

(B) It will be in a different location.

(C) It will be extended in length.

(D) It will be using fewer staff.

Ch1
針對「各種題型」的 100% 解題技巧超攻略！

Ch2
針對「不同發問模式」的 100% 解題技巧超攻略！

Ch3
馬上小試身手！試著做簡單的題目吧！

Ch4
再來挑戰稍微有點難度的題目！

Ch5
最後挑戰！你模擬考迷！

問題17～21請見以下廣告單、評論及電子郵件。

夏季慶典

每天10:00 A.M.-11:30 P.M.
7月9日～15日
Gopewell公園

美食攤位：數十個異國風情食物攤位

表演包含：

Rhonda Flame（搖滾樂）　　←——— 第20題的提示
Stephen and Cecelia（魔術秀）
Foot Power（專業舞蹈團隊）
Gloria Segura（喜劇藝人）

紀念品、禮品攤位
河畔划船競賽
溜冰鞋及腳踏車出租

……其他還有更多活動！

我們保證今年的攤位大家不用再大排長龍了！
　　　　　　　　　　└ 第18題的提示

Ch1
針對「各種題型」的 100%解題技巧超攻略！

Ch2
針對「不同發問模式」的 100%解題技巧超攻略！

Ch3
馬上小試身手！ 試著做簡單的題目吧！

Ch4
再來挑戰稍微 有點難度的題目！

Ch5
最後挑戰 迷你模擬考！

夏季慶典大成功！

特派記者Su-yeon Kim撰寫
7月17日

第18題的關鍵字，我們從這可以得知Kim小姐為記者

夏季慶典於近日內結束，其結果可謂大成功。推估大約有20萬人前來參加。我參與了慶典第一天的活動，那真是非常開心的體驗。主辦單位遵守今年宣傳時所承諾關於攤位的諾言，我總算放心了，且今年也改善了活動周邊的停車問題，駕駛們有付費及免費停車位兩種選擇。入場後更是感受到了活動的完美之處。尤其飲食的選擇多樣，有來自義大利、衣索比亞、墨西哥……等等的料理。聚集了如此多樣選擇於一地，實在是太驚人了。唯一最大的遺憾就是Rhonda Flame的表演取消了，我可是她的大粉絲呢！替代的表演我就選擇略過了。而我相當享受Stephen and Cecelia的表演。他們的表演實在是太棒了！

第19題的提示

第20題的提示

你有參加這場夏季慶典嗎？如果有的話，快傳電子郵件告訴我你的感想吧：su-yeon@dailylifenews.com

收件者：	Su-yeon Kim ＜su-yeon@dailylifenews.com＞
寄件者：	Harold Dean ＜harry902@slidermail.com＞
日期：	7月18日
主旨：	夏季慶典

信件的寄件人，
第21題的關鍵字

Kim小姐

第20題的提示

我與Kim小姐一樣都參加了夏日慶典。我也認為這個慶典許多部分皆相當出色。我知道妳不太高興想看的表演被取消，但我真希望你當初有留下來看替代的表演。替代上場的Isadora Langella與原先安排的歌手，音樂風格完全相同。我期待明年的慶典活動能夠從一週延長到至少有兩次週末。如此一來，參加人數就會更多了！活動的主辦單位表示慶典只會「越來越棒」，而我也相信絕對會如此。

第20題的關鍵字

第21題的提示

也許我們明年會在慶典上見到！

謹致問候

Harold

Ch1
針對「各種題型」的
100%解題技巧超攻略！

Ch2
針對「不同發問模式」的
100%解題技巧超攻略！

Ch3
馬上小試身手！
試著做簡單的題目吧！

Ch4
再來挑戰難度稍微
有點難度的題目！

Ch5
最後挑戰
迷你模擬考！

強化難度閱讀練習 ❺ 的答案與詳解

解答　17.(A)　18.(C)　19.(A)　20.(A)　21.(C)

詳解

| 問題**17** |
慶典活動間的每日共通特徵為何？
(A) 有好幾項休閒娛樂供遊客選擇。
(B) 所有主要的活動都集中在同一天。
(C) 一張票券可以參加所有的活動。
(D) 沒有活動在中午之前舉行。

　　閱讀第一篇文章（夏季慶典的廣告傳單）就能得知活動期間聚集了數十攤各國料理攤位、各式風格的表演……等等，也就是multiple leisure options，因此選擇(A)為正確答案。

| 問題**18** | （相互參照題）
為什麼對攤位的事感到放心？
(A) 料理非常好吃。
(B) 禮物頗為獨特。
(C) 並沒有那麼地大排長龍了。
(D) 承諾的價格很低。

　　Kim小姐所寫的第二篇文章（慶典的評論）中第4～6行內容為 I was relieved to see that the organizers kept the advertised pledge that they made this year about the booths.「主辦單位遵守今年宣傳時所承諾關於攤位的諾言，我總算放心了」，這時再看第一篇的廣告傳單，最後一行寫著No long lines at the booths this year: we promise!「我們保證今年的攤位大家不用再大排長龍了！」，我們可由此得知主辦單位的承諾是今年不要再讓大家大排長龍，因此正確答案為(C)。

| 問題19 | 同義語題

評論中第一段第12行提到的「**striking**」與下列何者意思最相近？

(A) 有深刻印象的

(B) 強大的

(C) 直接的

(D) 將……作為目標

這裡的**striking**有「驚人的、異乎尋常的、引人注目的」之意，與此最相近的為選項(A)的impressive「有深刻印象的」。

| 問題20 | 相互參照題

Isadora Langella的表演是什麼樣的風格？

(A) 搖滾樂

(B) 魔術

(C) 舞蹈

(D) 喜劇藝術

此題必須同時參照三篇文章，要從中找出相關資訊相當耗時。

Ch1
針對「各種題型」的
100%解題技巧超攻略！

Ch2
針對「不同發問模式」的
100%解題技巧超攻略！

Ch3
馬上小試身手！
試著做簡單的題目吧！

Ch4
再來挑戰稍微
有點難度的題目！

Ch5
最後挑戰
迷你模擬考！

　　問題中的Isadora Langella出現於第三篇文章（電子郵件）的第4～5行，內容寫著The replacement act, Isadora Langella, performed in the exact same genre as the originally planned performer.「替代上場的Isadora Langella與原先安排的歌手，音樂風格完全相同」。

　　再看第二篇評論文中第一段的倒數第5～4行，My sole big disappointment was the cancellation of the Rhonda Flame performance「唯一最大的遺憾就是Rhonda Flame的表演取消了」，由此可知取消表演的演出者為Rhonda Flame。

　　而Rhonda Flame的音樂風可從第一篇文章得知。確認Rhonda Flame名字出現之處，音樂風格為Rock Music，因此正確答案為(A)。

| 問題21 | 關鍵字題

Dean先生對明年的慶典有什麼期望？
(A) 會有更多表演。
(B) 會在不同的地方舉辦。
(C) 延長其活動時間。
(D) 減少工作人員數量。

　　題目中提到的Dean先生為第三篇文章寫於From:處的電子郵件寄件人。若在文章中找尋與明年festival相關的資訊，可發現第一段倒數第5～4行寫著I hope that next year the festival is extended through, at least two weekends instead of one.「我期待明年的慶典活動能夠從一週延長到至少有兩次週末」，由此可知正確答案為(C)。

註釋

stall（攤位）	dozens of...（數十個、很多的）
souvenir（紀念品）	rent（租賃）
line（隊伍、行列）	booth（小棚子）
correspondent（記者、通訊員）	recently（最近、近來）
conclude（結束）	certainly（確實）
substantial（可觀的）	estimate（估計）
attend（參加、出席）	be pleased（感到開心）
experience（經驗）	be relieved（放心的）
pledge（保證、諾言）	note（留意）
improve（改善）	available（可用的）
particularly（特別、尤其）	a variety of...（各式各樣的）
dish（料理）	striking（驚人的、引人注目的）
sole（唯一的）	disappointment（失望、沮喪）
skip（跳過、省略）	replacement（更換、替代）
in many ways（多方面）	outstanding（卓越的）
remain（停留）	instead of...（而不是……）
substitution（替換、代替物）	exact（確切的、精確的）
genre（風格、類型）	extend（延長、延續）
allow A to B（允許A做B）	
claim（主張、聲稱）	trust（信任、信賴）
common feature（共通特徵）	multiple（多個的）
take place（舉行、發生）	entire（全部的、整個的）
exceptionally（異常地、特別）	tasty（美味的、可口的）
length（期間）	

CHAPTER 5

最後挑戰迷你模擬考!

終於要挑戰與正式考試難易度相同的題目
囉!逐題計時,把這當作正式考試,迅速地
解開問題吧!

Questions 1-3 refer to the following e-mail.

To:	Joseph Witt
From:	Haruka Kojima
Date:	March 23
Subject:	Textile factory

Joseph,

I think that the March 9 discussion was productive. There, we agreed that we should go forward with the construction of the new textile factory in Tegucigalpa. However, the total amount of funding that we would request from the board remains undecided. We discussed a range of anywhere from €16 million to €24 million. I feel that the higher figure is more appropriate.

This is because of the fact that we should install the most advanced production machinery and software. This installation would certainly have a large upfront cost, along with ongoing maintenance expenses. Yet, we could still expect to receive a net benefit, since the quality of textiles produced there would be consistently high. This higher level of quality would lead to higher sales and even an overall improvement in our brand reputation. Bassim Halabi's team in sales and marketing has come up with figures similar to mine.

I've attached a spreadsheet which provides details that substantiates this idea. I am also willing to provide a formal presentation on this plan at the March 27 project committee meeting.

Thanks,
Haruka

1. **Why is Ms. Kojima writing to Mr. Witt?**
   (A) To submit a strategy
   (B) To explain a policy change
   (C) To update an industry forecast
   (D) To analyze business performance

2. **What is indicated about Bassim Halabi?**
   (A) His group is in charge of construction.
   (B) He agrees with a financial assessment.
   (C) He has approved a new product sale.
   (D) He has delayed a marketing campaign.

3. **What is scheduled to take place on March 27?**
   (A) A customer presentation
   (B) A committee reorganization
   (C) A business meeting
   (D) A marketing campaign

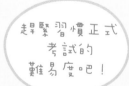
趕緊習慣正式
考試的
難易度吧！

問題1～3請見以下電子郵件。

收件者：	Joseph Witt
寄件者：	Haruka Kojima
日期：	3月23日
主旨：	紡織工廠

Joseph先生

第1題的提示

我認為3月9日的討論非常地有成效。我們當時都贊同要建設德古西加巴紡織工廠。然而，要向董事會請求的總資金仍未定案。預估範圍約在1600萬至2400萬。我認為選擇高一點的資金較為妥當。

這是因為我們必須安裝最高級的生產機械及軟體，而一定會產生大量的預付金額，以及接下來的一連串保養費用。由於製造出來的紡織品有相當高的品質，我們可預期有不錯的利潤。高品質將會為我們帶來較高的銷售，甚至為品牌賺取良好的名聲。Bassim Halabi的行銷團隊也跟我得出了相近的數據。

第2題的關鍵字　　　　　第2題的提示

附件的試算表包含了能夠證實此提案的細節。我也很樂意在3月27日的企劃委員會的會議上正式報告此項計劃。

第3題的關鍵字　　　　第3題的提示

謝謝

Haruka

身歷其境模擬考閱讀練習 ❶ 的答案與詳解

解答　1.(A)　2.(B)　3.(C)

詳解

| **問題1** | （詢問電子郵件主旨的題目）
為什麼Kojima小姐要寫信給Witt先生？
(A) 提出一項策略
(B) 解釋方針改變
(C) 更新產業預報
(D) 分析商務表現

　　此題目與電子郵件題型常出的What is the purpose of the e-mail?「此封電子郵件的主旨為何？」問得是同樣的內容。電子郵件大多在第一段就會寫出主旨，但本題必須得知文章整體流向才有辦法回答。考生在繼續閱讀後就會發現，該公司戰略為以大量預算投資設備，製造高品質商品以獲得收益。因此正確答案為(A)。

　　若像本題中的選項一樣，包含了較為抽象的表現，刪去法也不失為一個解題的好方法。方針已決定下來了，因此(B)錯誤。(C)的更新產業預報，以及(D)的分析商務表現則皆無提及。

| **問題2** | （核對題）
關於Bassim Halabi 的敘述，下列何者有在文章中被提及？
(A) 他的團隊負責建設。

(B) 他同意了財政評估。

(C) 他批准了新產品銷售。

(D) 他延遲了銷售活動。

以What is indicated開頭的題目為核對題，而此題中又含有關鍵字 Bassim Halabi，因此也可以關鍵字題的方式解題。

Bassim Halabi此名字出現於第二段倒數第2行。由Bassim Halabi's team in sales and marketing has come up with figures similar to mine.「Bassim Halabi的行銷團隊也跟我得出了相近的數據。」此句可得知，Bassim Halabi為行銷團隊的領導人，且其團隊表示：「與我（Haruka）得出了相近的數據（金額）」，因此正確答案為(B)。

| 問題3 | 關鍵字題

3月27日將舉行什麼活動？

(A) 對顧客進行報告

(B) 委員會改組

(C) 商務會議

(D) 銷售活動

此題為關鍵字題。問題中的關鍵字3月27日位在文章中的最後一句。由此處的I am also willing to provide a formal presentation on this plan at the March 27 project committee meeting「我也很樂意在3月27日的企劃委員會的會議上正式報告此項計劃」可得知正確選項為與 project committee meeting同義的(C) A business meeting。

註釋

textile（紡織品）

go forward with...（推進）

funding（資金

undecided（未決定的）

figure（數字）

install（安裝、設置）

machinery（機械、機械裝置）

along with...（除此之外……、還……）

net（淨得的）

lead to...（導致）

reputation（名譽、聲望）

substantiate（證實、使實體化）

submit（提交、呈遞）

forecast（預測、預報）

delay（延遲、延期）

productive（富有成效的）

total amount（合計金額）

board（董事會、理事會）

a range of...（……的範圍）

appropriate（適當的、恰當的）

advanced（高級的、先進的）

upfront（預付的）

ongoing（進行的、不間斷的）

consistently（一貫地、始終如一的）

overall（總的、全面的）

come up with...（想出……）

update（更新、升級）

be in charge of...（負責……）

reorganization（改組、改編）

Questions 4-7 refer to the following letter.

Gulpin Chemical

September 21

Harvey Epstein
Sales Manager
Devis Plastics, Inc.
74 Wayne Road
Indianapolis, IN

Dear Mr. Epstein,

This letter is to confirm in writing what we already discussed during the videoconference of September 19: you have tentatively been selected to be our primary components manufacturer.

You can expect a formal order sometime next month. Initial orders are normally small so that we can observe your overall performance, including delivery time, product consistency, and various other factors. Orders may increase in size later. As you have been informed, we adhere to rigorous quality control standards, and expect the same from our suppliers.

Although we have already toured your production facilities and seen your manufacturing processes thoroughly, we reserve the right to make further visits to your premises to observe and inspect those processes if we deem such action necessary.

Enclosed with this letter are two copies of a standard contract. Specific terms and conditions were discussed over the last few weeks of our talks. We can only begin formal business operations with you once we have received a signed original of this contract. Subsequently, your contact person with our firm will be Kelli Rogers.

We look forward to working with you.

Regards,

Eduardo Rodriguez, Purchasing Vice President
Gulpin Chemical Co. (GCC)
Juarez, Mexico

4. Why was the letter written?
   (A) To ask about a business service
   (B) To explain new quality control methods
   (C) To provide an update on manufacturing output
   (D) To formalize the acceptance of a supplier

5. According to the letter, what is true about initial orders?
   (A) They are used for assessment purposes.
   (B) They are somewhat large during the first month.
   (C) They are tied to the size of discounts that are offered.
   (D) They are enclosed with the letter.

6. What is indicated about GCC's policy?
   (A) Quality inspections may be done in the future.
   (B) Manufacturing is heavily regulated.
   (C) Technological processes change rapidly.
   (D) Orders are often placed on short notice.

7. What is suggested about Kelli Rogers?
   (A) She works in international investments.
   (B) She communicates with suppliers.
   (C) She works as a company lawyer.
   (D) She is the negotiator for government talks.

身歷其境模擬考閱讀練習 ❷ 的中譯

問題4～7請見以下信件。

Gulpin 化學公司

9月21日

Harvey Epstein
銷售經理
Devis 塑膠公司
74 Wayne Road
Indianapolis, IN

親愛的Epstein先生，

特以此信確認於**9月19日**視訊會議上商討過的內容：您已被暫定為本公司主要的零件製造商。　　　— 第4題的提示

— 第5題的提示

預計下個月會正式跟您下訂單。起初一般為小筆訂單，本公司得以藉此評斷貴公司的整體表現，包括運送時間、產品一致性，以及其他項目。之後的訂單會逐漸增加。如您所知，本公司遵循嚴謹的品質控管標準，且期盼我們的供應商也能達到相同的要求。

雖然本公司人員已詳細參觀過貴公司的生產設備以及製造流程，但若認為有必要，本公司保留再訪並進行觀測、調查的權利。

— 第6題的提示

本信件另附上影本兩份。具體合約條款已於過去數週的會談中協議完成。本公司收到您簽署過後的此合約正本文件，方能與貴公司開始進行正式交易。今後您與本公司的聯絡窗口將會交由**Kelli Rogers**負責。

— 第7題的提示　　　— 第7題的關鍵字

本公司相當期待與貴公司的合作。

謹致問候，
採購副總經理 Eduardo Rodriguez
Gulpin化學公司(GCC)　— 第6題的關鍵字
華瑞茲城，墨西哥

140

身歷其境模擬考閱讀練習 ❷ 的答案與詳解

解答　4.(D)　5.(A)　6.(A)　7.(B)

詳解

| **問題4** | **詢問信件主旨的問題**

為什麼要寫這封信件？

(A) 詢問商務服務的相關事項

(B) 解說新品管方式

(C) 提供生產量的最新資訊

(D) 正式採用一家供應商

....

　　詢問信件主旨的題型中，若是以Why開頭的疑問句，也有可能會出現What's the purpose of the letter?這樣的問法。

　　第一段中的This letter is to confirm in writing what we already discussed during the videoconference of September 19: you have tentatively been selected to be our primary components manufacturer.「特以此信確認於9月19日視訊會議上商討過的內容：您已被暫定為本公司主要的零件製造商」，將此部分換句話說的(D)就是正確答案。

| **問題5** | **核對題**

根據信件內容，下列關於初次訂單的敘述何者正確？

(A) 將它們作為評估用。

(B) 第一個月的訂單就稍微有些大量
(C) 與提供的折扣大小有關
(D) 與信件封入同一信封內

....

　　此題是以What is true開頭的核對問題。核對題就必須將選項逐一比對文章內容。

　　由第二段第1行的You can expect a formal order sometime next month.「預計下個月會正式跟您下訂單」和下一句的Initial orders are normally small, so that we can observe your overall performance, including delivery time, product consistency, and various other factors.「起初一般為小筆訂單，本公司得以藉此評斷貴公司的整體表現，包括運送時間、產品一致性以及其他項目」可知正確答案為(A)。

| 問題6 | 核對題
GCC的方針中指出了下列何者？
(A) 未來有可能會進行品質審查。
(B) 生產被嚴格管制著。
(C) 技術進程急速變化。
(D) 大部分的訂單都是突然成立。

....

　　此題是以What is indicated開頭的核對問題。核對題就必須將選項逐一比對文章內容。

　　題目中提到的GCC位於信件左下方的寄件人姓名／職稱之後的Gulpin Chemical Co. (GCC)，藉此可得知這是信件寄件人工作的單位。而這家公司的方針則寫於第三段第2～4行we reserve the right to make further visits to your premises to observe and inspect those processes if we deem such action necessary「若認為有必要，本公

司保留再訪並進行觀測、調查的權利」，與此部分同義的(A)為正確答案。

| **問題7** | **核對題**

關於Kelli Rogers，我們可以了解到什麼？

(A) 她在國際投資公司工作。

(B) 她負責與供應商聯絡。

(C) 她是一名公司行號的律師。

(D) 她是負責與政府商議的交涉者。

此題是以What is suggested開頭的核對問題。問題中含有關鍵字Kelli Rogers，因此同時也為關鍵字題型。

Kelli Rogers的相關敘述寫於第四段。從下數來第2～1行處Subsequently, your contact person with our firm will be Kelli Rogers.「今後您與本公司的聯絡窗口將會交由Kelli Rogers負責」，由此可知Kelli Rogers是Gulpin 化學公司的聯絡窗口，正確答案為(B)。

註釋

confirm（證實、確認）	videoconference（視訊會議）
tentatively（暫時地）	primary（主要的）
component（零件）	manufacturer（製造商）
initial（開始的、最初的）	observe（注意、觀察）
overall（總的、全面的）	consistency（一致性）
inform（通知、告知）	adhere to...（忠於……）
rigorous（嚴格的、嚴厲的）	standard（標準、規格）
supplier（供應商）	tour（旅遊、巡視）

thoroughly（徹底地、完全地）	premises（房宅、建築物）
inspect（調查）	deem（認為、覺得）
enclose（封入）	contract（契約、合同）
specific（特定的、具體的）	terms and conditions（合約條款）
subsequently（隨後、接著）	contact person（聯絡窗口、聯絡人）
firm（公司）	
output（生產、產量）	formalize（正式化）
acceptance（認可、接受）	assessment（評估、估價）
purpose（目的）	somewhat（有點、稍微）
be tied to...（與……緊密相連）	regulate（管理、控制）
investment（投資）	lawyer（律師）
negotiator（談判者）	

趕緊習慣正式考試的難易度吧！

144

Ch1 針對「各種題型」的
100%解題技巧超攻略！

Ch2 針對「不同發問模式」的
100%解題技巧超攻略！

Ch3 馬上小試身手！
試著做簡單的題目吧！

Ch4 再來挑戰稍微
有點難度的題目！

Ch5 最後挑戰
迷你模擬考！

身歷其境模擬考閱讀練習 ❸

Questions 8-11 refer to the following online discussion.

Julio Vasquez   8:07 A.M.

Everyone's here, so let's get right to it. We're supposed to launch our new audio player in 4 months. Tell me how we're doing.

Binh Tran   8:09 A.M.

I wish the news were better. I'm sorry to say that we're about 6 weeks behind schedule. The project manager, Vicki Evans, says there's no way we can go any faster and still maintain quality.

Emiliya Boyan   8:11 A.M.

The original designs have been proven valid. We just have to somehow find a way to build from those designs quicker.

Sharon Woodruff   8:13 A.M.

I agree, but that would only be possible if we brought in a few more engineers to the development section: maybe fly in Roger Cole from Durban.

Julio Vasquez   8:14 A.M.

He's one of our best, and I'm sure he'd bring an experienced team with him. But we're already almost over budget. I'm also not convinced that simply adding more people would actually speed things up.

Emiliya Boyan   8:15 A.M.

It might be good to move just 1-2 people from the design team to product development. Not to supervise or do a lot of hands-on work maybe, but to advise and answer questions.

Binh Tran   8:17 A.M.

That would have the added benefit of giving our designers a broader experience.

Julio Vasquez   8:18 A.M.

I like that idea, but I want you to consult with Vicki and see if your proposal would add any value to what she's doing.

---

8. **At 8:09 a.m., what does Binh Tran most likely mean when he writes, "I wish the news were better"?**

(A) He needs to present data effectively.

(B) He prefers to change a goal.

(C) He wants a much better media outlet.

(D) He has to express negative information.

9. **What is suggested about Roger Cole?**

(A) He is traveling to Durban.

(B) He is convinced of a plan.

(C) He is highly experienced.

(D) He is in charge of a budget.

10. **What is indicated about the audio player development?**

(A) It is ahead of its schedule.

(B) It is less complex than expected.

(C) It is clearly lacking proper supervision.

(D) It is more expensive than originally planned.

11. **What kind of work should be included in the consultation with Vicki Evans?**

(A) Project management

(B) Cost control

(C) Design upgrades

(D) Technology transfers

身歷其境模擬考閱讀練習 ❸ 的中譯

問題8～11請見以下線上聊天內容。

Julio Vasquez 上午8:07
大家都進來了，那我們就開始吧！我們四個月後要發表新的音訊播放器。報告一下目前進度。

Binh Tran 第8題的提示 上午8:09
我希望能有好一點的消息。但還是必須宣布，進度整整比預計慢了6週。企劃管理師Vicki Evans認為我們無法在要維持品質的同時還加快速度。 ←—第11題的關鍵字

Emiliya Boyan 上午8:11
最初的設計已經證實通過。我們只需要找出加速製作的方法。

Sharon Woodruff 第9題的關鍵字 上午8:13
我同意，但這得再找幾個開發部的工程師才有可能辦得到：像是從德爾班找Roger Cole來支援之類的。

Julio Vasquez 第9題的提示 上午8:14
他是我們公司之中的好手，且我確定他會帶著經驗豐富的團隊前來。但我們的預算已經透支了。而我也不認為單純增加人手就會真的提高速度。 ←—第10題的提示

Emiliya Boyan 上午8:15
將設計團隊中的1~2位幫手到商品開發部也許是個不錯的方法。其目的不為管理或實作，而是提供建議及答覆問題。

Binh Tran 上午8:17
對設計師來說也能賺取到經驗呢。

Julio Vasquez 上午8:18
不錯的想法耶！但我還是希望你們先跟Vicki商量一下此提議是否有益於她的企劃。 ←—第11題的提示

Ch1
針對「各種題型」的
100%解題技巧超攻略！

Ch2
針對「不同發問模式」的
100%解題技巧超攻略！

Ch3
馬上小試身手！
試著做簡單的題目吧！

Ch4
再來挑戰稍微
有點難度的題目！

Ch5
最後挑戰
迷你模擬考！

身歷其境模擬考閱讀練習 ❸ 的答案與詳解

解答　8.(D)　9.(C)　10.(D)　11.(A)

詳解

| 問題8 |

8:09A.M.時Binh Tran所說的：「I wish the news were better」最有可能是什麼意思？

(A) 他必須有效率地報告數據。

(B) 他比較希望更改目標。

(C) 他希望有更好的媒體設施。

(D) 他必須告知不好的消息。

　　8點9分的I wish the news were better.「我希望能有好一點的消息」為I wish+ were的假設語氣。此語氣表現出無法實現的願望。可以預想這之後會接續不好的消息，因此(D)為正確答案。

| 問題9 |　核對題

關於Roger Cole，我們可以了解到什麼？

(A) 他去德爾班旅行了。

(B) 他相信這項企劃。

(C) 他擁有許多經驗。

(D) 他是負責預算的人。

　　雖然本題為核對題，但若以關鍵字Roger Cole來解題會簡單許

多。

Roger Cole的名字第一次出現在8點13分的訊息。此訊息maybe fly in Roger Cole from Durban「像是從德爾班找Roger Cole來支援之類的」和8點14分接續的發言He's one of our best, and I'm sure he'd bring an experienced team with him.「他是我們公司之中的好手，且我確定他會帶著經驗豐富的團隊前來。」，可從此得出Roger Cole是一名經驗老道的員工，因此正確答案為(C)。

問題What is suggested中的suggest為「暗示」之意，可推測出的結果級為正確答案。

| 問題10 | 核對題
關於音訊播放器開發一事，何者正確？
(A) 比預定的進展要快。
(B) 沒有想像中那麼地複雜。
(C) 明顯缺乏適當地管理。
(D) 比當初預想的還要花錢。

本題為核對題，必須將選項逐一比對文章內容。對話從一開始就在討論音訊播放器開發延遲一事。由8點14分時Vasquez所說的But we're already almost over budget.「但我們的預算已經透支了」可知正確答案為(D)。

| 問題11 | 相互參照題
哪項行動必須在與Vicki Evans商談時執行？
(A) 企劃管理
(B) 花費控管

(C) 設計升級
(D) 技術轉移

....

　　問題中的關鍵字Vicki Evans出現於8點9分時的對話內容。那裡寫著The project manager, Vicki Evans。

　　且8點18分的對話中也可由I want you to consult with Vicki and see if your proposal would add any value to what she's doing.「我還是希望你們先跟Vicki商量一下，看此提議是否有益於她的企劃」得知Vicki為企劃管理師，而她做的工作就是管理企劃，因此正確答案為(A)。

註釋

get to... （開始……）	maintain （維持）
valid （合理的、有效的）	somehow （不知怎麼的）
experienced （經驗豐富的）	budget （預算）
convinced （確信的）	actually （實際上、事實上）
supervise （管理、指導）	hands-on （事必躬親的）
benefit （利益、優勢）	broad （寬廣的）
consult （商量）	proposal （建議、提案）
present （展現）	effectively （有效地）
prefer to... （較喜歡……）	media outlet （媒體機構）
express （表達）	complex （複雜的）
proper （適當的）	supervision （監督、管理）
consultation （諮詢）	transfer （轉移、調動）

Questions 12-15 refer to the following article.

(May 18) Garado One Bank announced today that it plans to close 27 branches across Europe over the next six months. [1] CEO James Grier stated that the company was doing this "to reduce operating costs, especially in places where their branches have relatively few visitors—and these are almost entirely in small and mid-sized towns."

In earlier comments to the media, Chief Operations Officer Alison Kraft said, "Customers are welcome to visit any of our branches. Yet, we want to point out that they can enjoy more convenience by using our services online." [2]

Raghav Murthy, writing in Hye Finance Magazine, differed. [3] "I recognize the logic of COO Kraft's media statements. Even so, in-branch banking also has distinct benefits. For instance, customers often want to get advice from service representatives. In addition, small retail businesses—such as shops—rely on local branches for their cash deposits and withdrawals. Closing branches creates a big burden for them."

Stefania Koscinski, who owns a small coffee shop in a rural area about 35 kilometers from Poznan, seemed unconcerned, however. "Most of our customers are paying by application nowadays anyway," she said. "If they close the local bank branch, I'm sure we'll be okay." [4]

12. What is the subject of the article?

(A) An investment result

(B) A corporate strategy

(C) A consumer survey

(D) A business founder

13. What is implied about the customers?

(A) Those who live in large cities may be unaffected.

(B) Most of them live in very small towns or villages.

(C) Fees are lower for those who use online services.

(D) Accounts are easier for them to open in big branches.

14. Who expressed doubts about the bank?

(A) James Grier

(B) Alison Kraft

(C) Raghav Murthy

(D) Stefania Koscinski

15. In which of the following positions marked [1], [2], [3] and [4] does the following sentence best belong?

The bank claimed that demand for in-person banking was declining overall.

(A) [1]

(B) [2]

(C) [3]

(D) [4]

身歷其境模擬考閱讀練習 ❹ 的中譯

問題12～15請見以下報導。

第12題的提示

（5月18日）Garado One銀行今日宣布在之後的六個月內，計劃關閉27間歐洲各地的分行。[1]執行長James Grier表示這麼做是「為了降低營運經費，特別是顧客數較少的分行。這些分行大多位於中小規模的城鎮。」

第13題的提示

在先前的媒體稿中，營運長Alison Kraft表示：「我們當然還是歡迎顧客前往分行，但若是能使用本行的網路服務，他們即能感受到其便利性。」[2]

第14題的提示

而Raghav Murphy在Hye Finance Magazine中卻對這項決策持不同意見。[3]「我認可營運長Alison對媒體所說的想法邏輯，但即使如此，分行的業務也還是有明顯的利益。例如，顧客時常會得到服務人員的建議。且小零售商——例如店家，就仰賴當地分行提供保證金和提款服務。關閉分行將造成他們巨大的負擔。」

然而，位於距離Poznan約35公里的農村地區，擁有一間小咖啡店的Stefania Koscinski似乎不怎麼擔心這件事。「因為現在我們大部分的顧客都使用手機應用程式來付費了」她說道。「如果他們將地方分行關閉，我確信本店不會受到影響。」

Ch1
針對「各種題型」的
100%解題技巧超攻略！

Ch2
針對「不同發問模式」的
100%解題技巧超攻略！

Ch3
馬上小試身手！
試著做簡單的題目吧！

Ch4
再來挑戰稍微
有點難度的題目！

Ch5
最後挑戰
你模擬考！
迷你模擬考！

身歷其境模擬考閱讀練習 ❹ 的答案與詳解

解答　12.(B)　13.(A)　14.(C)　15.(B)

詳解

| 問題12 |　詢問報導主旨的題型
此篇報導的主旨為何？
(A) 一項投資結果
(B) 一個公司策略
(C) 一項顧客調查
(D) 一位創業家

　　報導的題型時常會詢問其主旨。大多的報導都將重點寫於第一段，其中又特別容易出現在開頭的第1~2句。此篇報導第一段第1~2行的內容為Garado One Bank announced today that it plans to close 27 branches across Europe over the next six months.「Garado One銀行今日宣布在之後的六個月內，計劃關閉27間歐洲各地的分行」，由此可知正確答案為(B)。

| 問題13 |　核對題
關於顧客的敘述何者正確？
(A) 對住在大都市的顧客來說可能沒什麼影響。
(B) 他們大部分都住在小城鎮或小村落。
(C) 使用線上服務的顧客手續費較低。
(D) 在大規模的分行較容易開設帳戶。

本題為核對題，必須將選項一一比對文章內容，而題目為What is implied...? 其中的動詞imply表「暗指、暗示」，因此考生必須從文章進行推測。

於第一段第3~6行處，執行長James Grier說了the company was doing this "to reduce operating costs, especially in places where their branches have relatively few visitors—and these are almost entirely in small and mid-sized towns" 「這麼做是『為了降低營運經費，特別是顧客數較少的分行。這些分行大多位於中小規模的城鎮』」。由此可推測此項決定並不影響大都市的居民，正確答案為(A)。

| 問題14 |
誰對銀行決策持懷疑態度？
(A) James Grier
(B) Alison Kraft
(C) Raghav Murthy
(D) Stefania Koscinski

對比第二段該銀行的營運長Alison Kraft對關閉部分分行的決策表示肯定，第三段第1行就寫到了Raghav Murthy, writing in Hye Finance Magazine, differed. 「而Raghav Murphy在Hye Finance Magazine中卻對這項決策持不同意見」，因此就能推測對此項決策不滿的可能是Raghav Murthy，再接著閱讀下去，可以看到I recognize the logic of COO Kraft's media statements.Even so, in-branch banking also has distinct benefits. 「認可營運長Alison對媒體所說的想法邏輯，但即使如此，分行的業務也還是有明顯的利益」，此發言之後接的是分行業

Ch1
針對「各種題型」的
100%解題技巧超攻略！

Ch2
針對「不同發問模式」的
100%解題技巧超攻略！

Ch3
馬上小試身手！
試著做簡單的題目吧！

Ch4
再來挑戰稍微
有點難度的題目！

Ch5
最後挑戰
迷你模擬考！

務的具體優點。因此正確答案為(C) Raghav Murthy。

| **問題15** | **句子插入題**

下列句子最應該填入[1]、[2]、[3]、[4]哪個位置？

The bank claimed that demand for in-person banking was declining overall.

(A) [1]

(B) [2]

(C) [3]

(D)[4]

....

　　第一段將Garado One銀行所宣布的事項與其執行長的評論簡潔地敘述一番。第二段則是敘述銀行方的詳細看法以及其營運長的評論。第三段為反對方意見。而第四段說明了客戶（咖啡店老闆）的意見，報導到此結束。

　　要插入的句子The bank claimed that demand for in-person banking was declining overall.「銀行方面表示，面對面銀行業務的需要整體下滑。」為銀行方看法的一部分，最適合插入第二段落，因此正確答案為(B)。

註釋

branch（分店）	operating cost（經營成本）
especially（特別、尤其）	relatively（相較地）
entirely（完全地、徹底地）	point out（指出）
convenience（方便、便利）	differ（不同、相異）
recognize（認出、認識）	statement（陳述、說明）

even so（即使如此、即使這樣）

in-branch banking（分行銀行業務）

distinct（顯著的、明顯的）

benefit（利益、優勢）　　　for instance（例如）

service representative（服務負責人）

in addition（此外）　　　　retail business（零售業）

such as...（例如……）　　rely on...（依賴……）

cash deposits and withdrawals（現金存、提款）

burden（負荷）　　　　　　rural（鄉村的、農村的）

unconcerned（不擔心的）　application（應用軟體）

strategy（策略）　　　　　survey（調查）

founder（創辦者）　　　　　unaffected（未受影響的）

express（表達）　　　　　　doubt（懷疑、疑問）

claim（主張）　　　　　　　demand（需要）

in-person（親自）　　　　　decline（下降、衰退）

overall（全部的）

Ch1

針對「各種題型」的
100%解題技巧超攻略！

Ch2

針對「不同發問模式」的
100%解題技巧超攻略！

Ch3

馬上小試身手！
試著做簡單的題目吧！

Ch4

再來挑戰稍微
有點難度的題目！

Ch5

最後挑戰
迷你模擬考！

Questions 16-20 refer to the following advertisement and form.

Laeko's

www.laekodepartmentstore.com
92 Plains Avenue, Minneapolis, MN

Everything you need—all in one place.

Online or offline, we are your best option for electronics,
cooking utensils, clothing, and much more.

⭐ **Special offers this week:**

Wavecrest Elegance - Item ID: **JPR 042978**
Manufacturer: Kaburdo Furniture, Inc.
This sofa has hardwood legs and backing. Soft foam and fiber-filled
cushions. Adds a classic touch of warmth and comfort to every living
space.

Euron Pine - Item ID: **KWW 132086**
Manufacturer: Lasisn Furniture Co.
Durable pine wood dining room table with body. Will last many years.
Rectangular, goes well in any dining space.

Boonder Box - Item ID: **ZRT581963**
Manufacturer: Obold Kitchens, Inc.
Cedar wood kitchen cabinet, contains 3 shelf levels. Blends in well with
both wood and non-wood kitchen or cooking space.

Lexin Rest - Item ID: **WRG 584359**
Manufacturer: Isweld Furniture
Queen-size bed, comes with headboard. Brings an amazing modern look
to bedrooms.

Delivery: Free for all orders over $100. Items usually arrive in 5-7
business days.

*Expedited delivery available, with items arriving within 2-3
business days (additional charge).*

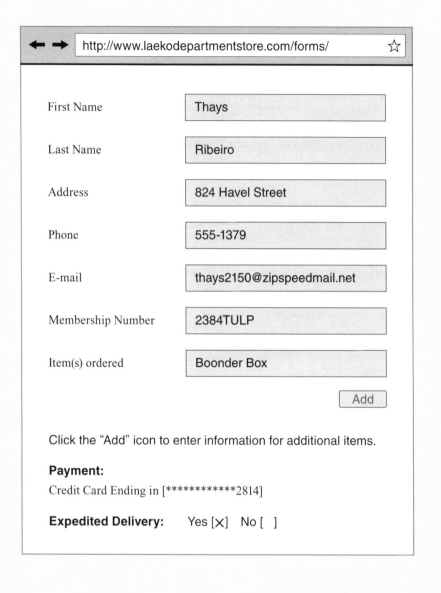

First Name   Thays

Last Name   Ribeiro

Address   824 Havel Street

Phone   555-1379

E-mail   thays2150@zipspeedmail.net

Membership Number   2384TULP

Item(s) ordered   Boonder Box

Add

Click the "Add" icon to enter information for additional items.

Payment:

Credit Card Ending in [***********2814]

Expedited Delivery: Yes [X]   No [ ]

16. What is the main purpose of the advertisement?

(A) To offer some unique deals to shoppers

(B) To showcase some upgrades of older brands

(C) To announce the release of new product lines

(D) To explain the discounts available to store members

17. What is indicated about Laeko's?

(A) It has stores in several locations.

(B) It specializes in outdoor items.

(C) It has job openings in the furniture department.

(D) It offers products from multiple manufacturers.

18. What information is NOT given in the advertisement?

(A) The location of a retail outlet

(B) The variety of items available

(C) The history of the business

(D) The specific product codes

19. What is being bought from the store?

(A) A sofa

(B) A dining room table

(C) A kitchen cabinet

(D) A bed

20. When is the latest the item will arrive?

(A) Within one business day

(B) Within three business days

(C) Within five business days

(D) Within seven business days

Ch1

針對「各種題型」的
100%解題技巧超攻略！

Ch2

針對「不同發問模式」的
100%解題技巧超攻略！

Ch3

馬上小試身手！
試著做簡單的題目吧！

Ch4

再來挑戰稍微
有點難度的題目！

Ch5

最後挑戰
迷你模擬考！

身歷其境模擬考閱讀練習 ❺ 的中譯

問題16～20請見以下廣告及表格。

Laeko's

www.laekodepartmentstore.com　第18題的提示
92 Plains大道, 明尼亞波利斯, 明尼蘇達州

所有你需要的物品都在這了！

不論網路或實體店面，若你想找電器、
料理器具、服飾等商品，我們都是您最好的選擇！

★**本週特價商品：**　第16題的提示

Wavecrest Elegance-商品號碼：**JPR042978**

製造商：Kaburdo Furniture公司
此沙發的椅腳及椅背部分使用的是硬木。坐墊內裡則由泡沫橡膠
及纖維組成。為每個生活空間增加了溫暖舒適的感觸。

Euron Pine-商品號碼：**KWW132086**

製造商：Lasisn Furniture公司
耐久的松木材質餐桌。經得起多年的時間考驗。長方形，與所有
餐廳皆相襯。

第18題的提示

Boonder Box-商品號碼：**ZRT581963**

製造商：Obold Kitchens公司
雪松木廚房收納櫃，包含三層收納架。與全木造或非木造廚房皆
可搭配合宜。

第17題的提示

Lexin Rest-商品號碼：**WRG584359**

製造商：Isweld Furniture公司
加大雙人床，附床頭板。為您的臥室增添驚奇摩登感。

配送：金額超過$100即可享免運優惠。約5-7個工作天送達。

可送急件，約2-3個工作天送達。（額外加收費用）

第16題的提示

163

名	Thays
姓	Ribeiro
住址	824 Havel 街
電話	555-1379
電子郵件	thays2150@zipspeedmail.net
會員編號	2384TULP
訂購商品	Boonder Box

第19題的提示

新增

點選「新增」鍵以新增追加商品資訊。

付款方式：
信用卡 尾數[************2814]

急件： 是[X] 否[ ]

第20題的提示

身歷其境模擬考閱讀練習 ❺ 的答案與詳解

解答 16.(A) 17.(D) 18.(C) 19.(C) 20.(B)

詳解

| 問題16 | 詢問廣告主旨的題型

此份廣告的主旨為何？

(A) 為消費者提供獨特的交易

(B) 展示一些舊品牌的升級

(C) 宣布新產品線的發表

(D) 説明會員可享有的優惠

第一篇文章為advertisement（廣告）。廣告的題型中，大多會將其廣告主題的提示寫於開頭。首先，Laeko's為店名，接著則是以簡短語句介紹店家：不論網路或實體店面，電器、料理器具、服飾各式商品一應俱全。而★符號之後則為廣告的本文。由★Special offers this week「本週特價商品」可知正確答案為(A)。

| 問題17 | 核對題

關於Laeko's，我們可以得知下列何者？

(A) 它在多處有分店。

(B) 它專賣戶外活動商品。

(C) 它的傢俱部門在徵才。

(D) 它提供多家製造商的產品。

以What is indicated開頭的問題可以直接推測為核對題型。★Special offers this week下方寫有4種商品的名稱以及各自的詳細敘述。觀察商品名稱下方緊接著的製造公司名稱，會發現每項商品製造商皆不相同，因此正確答案為(D)。

哪一項資訊在廣告中並未提及？

(A) 零售店的位置　　　　　　(B) 可購買的商品種類

(C) 公司的歷史　　　　　　　(D) 個別產品的商品碼

　　此題為NOT題型。考生必須逐一確認廣告及選項的內容，選擇出廣告中並無提及的資訊。選項(A)的資訊寫於開頭的店名之下，92 Plains Avenue Minneapolis, MN。選項(B)資訊寫於廣告前半部we are your best option for electronics, cooking utensils, clothing, and much more.「不論網路或實體店面，若你想找電器、料理器具、服飾等商品，我們都是您最好的選擇！」，而選項(D)則個別標示於商品名稱的右方。選項(C)的內容並無提及，因此答案為(C)。

| 問題19 | **相互參照題**

哪一項產品被顧客訂購了？

(A) 一個沙發　　　　　　　　(B) 一張餐桌

(C) 一個廚房收納櫃　　　　　(D) 一張床

　　此題為相互參照題型。關於購買人及其購買商品的資訊寫於第二篇的form（表單）之中。確認Item(s) ordered「訂購商品」處，寫有Boonder Box。在從廣告中找到Boonder Box，會發現它是Cedar wood kitchen cabinet「雪松木廚房收納櫃」，因此正確答案為(C)。

| 問題20 | **相互參照題**

此項商品最慢何時會送達？

(A) 一個工作天以內　　　　　(B) 三個工作天以內

(C) 五個工作天以內　　　　　(D) 七個工作天以內

　　此題為相互參照題型。題目詢問的是the item（那項商品），因此可以推測提示位於訂購單之中。見訂購單最後的Expedited Delivery欄位，Yes格被畫記起來，由此可知訂購人希望商品以「急件」運送。而廣告的最後一處寫有Expedited Delivery available, with items arriving within 2-3 business days「可送急件，約2-3個工作天送達」，快的話費時2天，最慢則會在3天後送達，因此正確答案為(B)。

註釋

manufacturer（製造商、製造業者）	hardwood（硬木）
backing（支援、支持）	fiber（纖維）
comfort（安逸、舒適）	durable（耐用的、持久的）
pine wood（松木）	rectangular（長方形的）
blend in with...（與……調和）	
come with...（伴隨……）	amazing（驚人的、令人驚喜的）
expedited delivery（加急交貨）	available（可利用的、可用的）
item（項目）	

unique（獨特的）	deal（經營）
showcase（使亮相）	upgrade（更新、改善）
release（發行、發表）	specialize in…（專攻）
job opening（徵才）	multiple（多樣的）
variety of...（各式各種的）	
specific（明確的、特有的）	

Questions 21-25 refer to the following notice and e-mails.

Wurnside Convention Center

Attention Visitors:

We want to maintain a safe and pleasant environment for every event held on our grounds. With that in mind, please take note of the following.

General Policy:
We reserve the right to scan, inspect or prohibit the entry of any equipment, personal belongings, or other products or items onto our grounds.

Unattended Items:
Do not leave personal belongings unattended. Report unattended bags or other items to any of our staff.

Unattended belongings may be removed, opened and inspected, or destroyed. This will be done solely at our discretion.

Liability:
We are not responsible for any items lost on our premises. By entering our premises, you agree to this.

Claims and other Information:
For questions, concerns, or claims, stop by the Security Department or e-mail: info@wurnsidecenter.net.

To:	Security <info@wurnsidecenter.net>
From:	Renata Andrade <renata.a37@xenosmail.net>
Date:	February 12
Subject:	Bag
Attachment:	📎photograph

To whom it may concern:

I believe that I left my computer bag-with my laptop inside-at the World Telecom Services Convention that your center held on February 10. I only left it alone for a few moments, but when I went back it was gone. The bag is black, with my company logo "GZA Communications" stenciled in white on the outside. I have attached a photograph of it to this e-mail. I went to the maintenance and operations departments of your facility later that evening, but they were closed. I am only now realizing my error in going there in the first place. The computer is very important to me, since it has valuable company data that is not backed up.

Please e-mail me back to let me know whether you have the bag that I described. I would much appreciate it.

Thanks,
Renata Andrade

To:	Renata Andrade <renata.a37@xenosmail.net>
From:	Security <info@wurnsidecenter.net>
Date:	February 13
Subject:	Re: Bag

Dear Ms. Andrade,

Thank you for your e-mail. We are sorry for your situation, and have looked at the attachment that you sent. Having compared it with what we have stored, we may have your item. As far as we can tell, it is unopened. Nevertheless, assuming this item is indeed yours, we cannot guarantee its contents. Most importantly, we ask you to keep in mind our written policy on liability. Our staff will keep this item in storage for up to 15 days. Please come to see it before that time. Otherwise, it may be discarded.

Regards,

Joshua Babangida
Service Representative

21. Who most likely posted the notice?
(A) Event planners
(B) Facility managers
(C) Travel advisors
(D) Government officers

Ch1

針對「各種題型」的
100%解題技巧超攻略！

Ch2

針對「不同發問模式」的
100%解題技巧超攻略！

Ch3

馬上小試身手！
試著做簡單的題目吧！

Ch4

再來挑戰稍微
有點難度的題目！

Ch5

最後挑戰
迷你模擬考！

22. **In the notice, the word "discretion" in paragraph 4, line 2, is closest in meaning to**
    (A) courtesy
    (B) prediction
    (C) option
    (D) service

23. **Where should Ms. Andrade have gone about her problem on February 10?**
    (A) To maintenance
    (B) To administration
    (C) To operations
    (D) To security

24. **What has Mr. Babangida reviewed?**
    (A) Item contents
    (B) Liability changes
    (C) An image
    (D) An attached spreadsheet

25. **What is suggested to Ms. Andrade?**
    (A) Her bag is guaranteed to have its original contents.
    (B) The stenciling is different from what she indicated.
    (C) She has to pay a small claim fee to the storage center of the building.
    (D) She cannot expect the center to be responsible for her personal things.

身歷其境模擬考閱讀練習 ❻ 的中譯

問題21～25請見以下公告及電子郵件。

Wurnside會議中心

致各位來賓： ← 第21題的提示

> 我們希望能確保所有在此舉辦的活動都能享有安全又舒適的環境。因此，請各位留意以下幾點：

一般規定：
我們保留掃描、檢查或禁止器械、個人物品或其他物品攜帶至本設施的權利。

無人看管物品：
請不要將個人物品擱置在一旁。在不清楚物該品所有者的情況下，請通知本中心人員。

無人看管物品可能會被移動、進行內部確認及丟棄。以上動作會依本中心裁量進行處理。 ← 第22題的提示

法律責任： ← 第25題的提示
於此遺失之物品，本中心恕不負責。進入本中心即視為同意此條件。 ← 第23題的提示

> 領取遺失物品或詢問其他資訊：
> 有任何問題、意見及領取遺失物品，請洽安管部門，或寄信至info@wurnsidecenter.net。

收件者：	Security＜info@wurnsidecenter.net＞
寄件者：	Renata Andrade ＜renata.a37@xenosmail.net＞
日期：	2月12日
主旨：	電腦包 ⟵ 第22題的提示
附件：	📎 照片

敬啟者

我想我在2月10日於貴中心舉行的世界電信設施展中，遺失了電腦包及個人電腦。我將它留在原地幾分鐘而已，回來時就已經找不到了。電腦包顏色為黑色，上頭有我公司名稱「GZA Communications」的白色鏤空印刷字樣。請見本電子郵件附件照片。當天傍晚我前往貴中心的維修部及業務部，卻發現已關閉。而我現在才得知當時找錯了部門。這台個人電腦內包含了尚未備份的公司貴重資料，對我而言相當重要。

第24題的提示

第23題的提示

若您有看見上述的電腦包，請回信給我。非常感激您的協助。

麻煩您了，謝謝
Renata Andrade

收件者：	Renata Andrade ＜renata.a37@xenosmail.net＞
寄件者：	Security＜info@wurnsidecenter.net＞
日期：	2月13日
主旨：	回覆：電腦包

Andrade小姐：

第24題的提示

感謝您來函本部門。本部門對您的狀況深感遺憾，同時也看過了您的附件檔案。我們在比對目前保管的物品之後，發現可能保有您的物品。就我們目前看來，電腦包並未被打開過。然而，假設此物品的確是您的所有物，我們還是無法擔保其內容物沒有損傷。且最重要的是，會議中心已請您留意法律責任的相關規定。本部門最多保留遺失物品15天。請在此時間內來認領物品，否則它將被丟棄。

第25題的提示

謹致問候

客服代表
Joshua Babangida

第24題的關鍵字
此封信件的寄件者

Ch1

針對「各種題型」的
100%解題技巧超攻略！

Ch2

針對「不同發問模式」的
100%解題技巧超攻略！

Ch3

馬上小試身手！
試著做簡單的題目吧！

Ch4

再來挑戰稍微
有點難度的題目！

Ch5

最後挑戰
迷你模擬考！

身歷其境模擬考閱讀練習 ❻ 的答案與詳解

解答 21.(B) 22.(C) 23.(D) 24.(C) 25.(D)

詳解

| 問題21 |
誰最有可能貼出這張通知？
(A) 活動企劃人員
(B) 設施管理人員
(C) 旅遊顧問
(D) 政府官員

由第一段第1~2行的We want to maintain a safe and pleasant environment for every event held on our grounds.「我們希望能確保所有在此舉辦的活動都能享有安全又舒適的環境」我們可以得知，貼出這張notice（通知）的人是此設施的相關人員。因此(B)為正確答案。

另外，從通知的標題處寫有Wurnside Convention Center「Wurnside會議中心」，以及開頭處的Attention Visitors「致各位來賓」也可以得知此通知是寫給會議中心的來賓。

| 問題22 | 同義詞題
在通知中，第四段第2行的「discretion」與下列何者意思最為相近？
(A) 禮節

(B) 預測
(C) 選擇權
(D) 服務

本題為同義詞題型。discretion為「決定權」之意，常以at one's discretion「由某人決定」的型式出現。選項中意義與此最相近的詞語為(C)的option「選擇權」。

| 問題23 | 相互參照

Andrade小姐必須在2月10日當天去哪裡解決她的問題？
(A) 維修部門
(B) 管理部門
(C) 業務部門
(D) 安管部門

問題中的Andrade小姐出現於第二篇文章（電子郵件）的From之中，我們可以藉此得知他是此封電子郵件的寄件者。

閱讀此篇電子郵件後，會得知Andrade小姐忘記帶走電腦包，I went to the maintenance and operations departments of your facility later that evening.「當天傍晚我前往貴中心的維修部及業務部」，但I am only now realizing my error in going there in the first place.「我現在才得知當時找錯了部門」。

Andrade小姐應該要去的地方則寫於第一篇文章的最後。Claims and other Information: For questions, concerns, or claims, stop by the Security Department or e-mail: info@wurnsidecenter.net.「領取遺失物品或詢問其他資訊：有任何問題、意見及領取遺失物品，請洽安管部門，或寄信至info@wurnsidecenter.net」，由此可知正確答案為(D)。

| 問題24 | 相互參照題

Babangida先生檢閱了什麼？

(A) 內容物

(B) 法律責任更改

(C) 一張圖像

(D) 一份試算表附件

Babangida先生的名字寫於第三篇文章（電子郵件）的左下方，全名為Joshua Babangida。我們可藉此得知此封電子郵件的寄件人為From欄位寫著的Security負責人Babangida。

電子郵件的第1~2行寫有We are sorry for your situation, and have looked at the attachment that you sent.「本部門對您的狀況深感遺憾，同時也看過了您的附件檔案」。

這時再看Andrade小姐寄出的電子郵件（第2篇文章），第6行的I have attached a photograph of it to this e-mail.「請見本電子郵件附件照片」即可得知Babangida先生看到的是一張照片。而正確答案就是與a photograph同義的(C) An image「照片」。

| 問題25 | 核對題+相互參照題

關於Andrade小姐，我們可以得知何事？

(A) 電腦包中的物品與原先無異。

(B) 印刷字樣與她所表達的有出入。

(C) 她必須付小額認領費用給大樓的管理中心。

(D) 她不能期盼會議中心會為她的個人物品負責。

第三篇文章（安管部門負責人寄送的電子郵件）的第5~7行寫有Most importantly, we ask you to keep in mind our written policy on liability.「且最重要的是，會議中心已請您留意法律責任的相關規定」。關於此項內容，在第一篇文章中的Liability「法律責任」寫著We are not responsible for any items lost on our premises.「於此遺失之物品，本中心恕不負責」。因此可得知與Andrade小姐相關的選項為(D)。

　　核對題中，若題目使用What is suggested和suggest「暗示」，答案可由推測方式得出。

註釋

maintain（維持）	pleasant（令人愉快的、宜人的）
environment（環境、周遭狀況）	
in this regard（在這一點上、在這方面）	
general（一般的）	reserve a right（有權利）
inspect（檢查）	prohibit（禁止）
personal belongings（個人所有物）	
unattended（無人看管的）	leave（使保留、使保持）
remove（移開、調動）	solely（單獨地、僅有地）
at one's discretion（由……的判斷）	
liability（法律責任）	
be responsible for...（對……負責）	
premises（房宅、建築物）	concern（擔心、掛念）
To whom it may concern（敬啟者）	
stencil（用模板印刷）	attach（附加）
valuable（貴重的）	describe（描寫、敘述）

Ch1

針對「各種題型」的
100%解題技巧超攻略！

Ch2

針對「不同發問模式」的
100%解題技巧超攻略！

Ch3

馬上小試身手！
試著做簡單的題目吧！

Ch4

再來挑戰難度稍微
有點難度的題目！

Ch5

最後挑戰
迷你模擬考！

compare（相比、比較）　　store（保管）

as far as...（達到……的程度）　nevertheless（儘管如此）

assume（假定為、以為）　indeed（確實、真正地）

guarantee（保證）　　contents（內容）

storage（儲藏、保管）　discard（丟棄、拋棄）

administration（管理部門）

spreadsheet（[電腦]試算表程式）

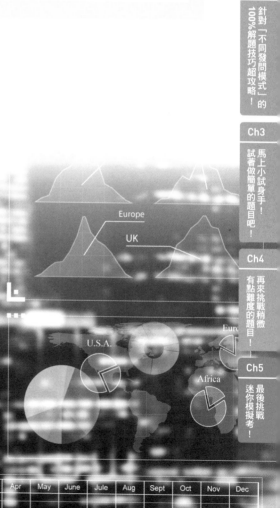

Questions 26-30 refer to the following Web page, review, and e-mail.

https://www.kannaiselectronics.net

Kannais Electronics

Home   About   Shop   Login   **New Items**

Voted #3 in functionality in consumer survey at ZSconsumertech.com.

Starting from only **$1,200**

KS700 Smartwatch

❖ **Surf the Web**
❖ **Make Appointments and reminders**
❖ **Send e-mails**
❖ **Play music**
❖ **Make phone calls [ranked #1 in sound quality]**

In addition, the watch offers:

✓ Hands-free usage
✓ Variety of colors

(Styles created in partnership with Hemani Zone, Inc., makers of fine jewelry)

Compatible with all Kannais Electronics products and services
Protected by 2-year warranty on all internal components

Minden Lifestyle Magazine
April 26 Edition

Hasheem Velshi
Senior Tech Editor

Product review
Item: KS700 Smartwatch

Rating: 3.5 out of 5 stars

I've tested out a number of smartwatches, so I was skeptical that Kannais Electronics could offer anything truly different — regardless of the consumer survey on this product.

However, after using it, I have to admit that the survey results were reasonable. Further, I can agree that the ranking as to calls is justified.

I must further confess that the watch surprised me in other ways. For instance, I treated the watch a little roughly, including immersing it in water, which resulted in no damage. I also like the fact that the watch has a relatively large face, which makes it easier to read. Even so, the partnership with Hemani Zone did not really make the watch distinct in any way. It really needs to improve in this area before I could give this product a higher rating — especially for its relatively high price.

Send your own comments and feedback on this product to me: hasheem@mindenlifestyles.com

To:	Hasheem Velshi <hasheem@mindenlifestyles.com>
From:	Kannais Electronics <pr@kannaiselectronics.net>
Date:	April 29
Subject:	KS700 Smartwatch

Dear Mr. Velshi,

Thank you for reviewing our KS700 Smartwatch. We are pleased that you enjoyed many of its strongest features. At the same time, we understand your criticism of the item. As you know, we are continually improving the watch in all areas. The KS700-2 version will certainly not have the problem that you mentioned. We will send you a complimentary model about two months before its release next year; you will then have a chance to see for yourself. Your readers can continue to rely on our high-quality, innovative products. We strive to exceed expectations.

Yours sincerely,

Ariana Stein
Public Relations
Kannais Electronics

26. What feature of the watch can be customized?

(A) Online functionality

(B) Appointment setter

(C) Music player

(D) Color options

27. What does Mr. Velshi feel can be justified?

(A) The product price

(B) The hands-free usage

(C) The audio quality

(D) The large face

28. What was Mr. Velshi skeptical about?

(A) Survey dates

(B) Product functionality

(C) Item durability

(D) The warranty length

29. How will the next version of the watch be different?

(A) The styles will be more fashionable.

(B) The average retail cost will be lower.

(C) The brand will be more heavily marketed.

(D) The quality control will be much stricter.

30. In the e-mail, the word "expectations" in paragraph 1, line 10, is closest in meaning to

(A) rules

(B) plans

(C) estimations

(D) references

身歷其境模擬考閱讀練習 ❼ 的中譯

問題26～30請見以下網站、評論及電子郵件。

http://www.kannaiselectronics.net

Kannais 電子

首頁　　　公司資訊　　　網路商店　　　登入　　　**新產品**

Zsconsumertech.com.
消費者票選功能性第三名
↳ 第28題的提示

1200元起

KS700 智慧型手錶

❖ 上網
❖ 預約及提醒
❖ 寄送電子郵件
❖ 播放音樂
❖ 撥打電話[音質排名第一]
↳ 第27題的提示

此外還附有：
✔ 免持裝置
✔ 多樣顏色
（造型由高級珠寶商Hemani Zone共同設計）
↳ 第29題的提示

與所有Kannais電子製品及服務相容
內部零件皆享有兩年保固期

Ch1
針對「各種題型」的
100%解題技巧超攻略！

Ch2
針對「不同發問模式」的
100%解題技巧超攻略！

Ch3
馬上小試身手！
試著做簡單的題目吧！

Ch4
再來挑戰稍微
有點難度的題目！

Ch5
最後挑戰
迷你模擬考！

Minden Lifestyle 雜誌
4月26日版

第27、28題的關鍵字　這篇評論的撰寫人

Hasheem Velshi
資訊部主任編輯

產品評論
產品：KS700智慧型手錶

評分：在5顆星中得到3.5顆星

我試用過一些智慧型手錶，所以我一開始很懷疑Kannais電子能否提供不一樣的體驗——先不論這項產品的消費者調查結果為何。

第28題的提示

然而，在使用過這項產品後，我必須承認消費者調查的結果的確是合理的。且我也認為音質第一，名符其實。

第27題的提示

我必須進一步坦白，這支手錶在其他方面也讓我感到驚艷。例如，即使將其浸入水中或有點粗暴地使用它，都並無故障。我也喜歡它相對較大的螢幕，閱讀起來也比較不吃力。但與Hemani Zone的合作，並沒有使產品有區別性。在這方面若能有所改善，我也許會對它有更高的評價，尤其是它價格也相對較高。

第29題的提示

快將你對這項產品的意見及回饋告訴我吧：
hasheem@mindenlifestyles.com

可得知此封電子郵件是由
Kannais電子寄送給Velshi先生的

收件者：	Hasheem Velshi ＜hasheem@mindenlifestyles.com＞
寄件者：	Kannais電子＜pr@kannaiselectronics.net＞
日期：	4月29日
主旨：	KS700智慧型手錶

Velshi先生：

第29題的提示

感謝您對本公司KS700智慧型手錶的評論。我們很高興你能享受到這項商品許多的優異功能。同時，我們也理解您對此產品的批判。如您所知，我們持續地對手錶的各方面進行改善。KS700-2版本的商品絕不會再出現您所提及的問題。在明年新產品上市前兩個月我們將會寄送免費樣品給您，讓您親自體驗新型號商品。您的讀者們也能繼續信賴本公司的高品質、創新產品。我們會努力超越期待。

第30題的提示

謹啟

公關部
Ariana Stein
Kannais電子

身歷其境模擬考閱讀練習 ❼ 的答案與詳解

解答 26.(D)　27.(C)　28.(B)　29.(A)　30.(C)

詳解

| 問題26 |

手錶的哪項特點可以客製化？

(A) 上網功能

(B) 預約設定

(C) 播放音樂

(D) 顏色選擇

　　第一篇文章（網頁）中，(A)上網功能（上網、寄送電子郵件）、(B)預約設定及(C)播放音樂，三者並排以粗體寫於同一處。這部分為基本機能。

　　而另一方面，關於(D)顏色選擇的事項則寫於In addition, the watch offers「此外還附有」之下的variety of color「多樣顏色」。因此，能夠客製化的機能就是(D)。

| 問題27 | 相互參照題

Velshi先生認為何者合理？

(A) 產品價格

(B) 免持裝置

(C) 音質

(D) 大螢幕

Velshi先生是書寫第二篇文章（評論）的人。第二段第2~3行他寫道Further, I can agree that the ranking as to calls is justified.「且我也認為音質第一，名符其實的」

與排名相關的資訊寫於第一篇文章（網站）。其中寫有Make phone calls [ranked #1 in sound quality]「撥打電話[音質排名第一]」，而sound quality又可以稱作audio quality，因此正確答案為(C)。

| 問題28 | （相互參照題）

Velshi先生對何者抱持懷疑態度？

(A) 調查日期

(B) 產品功能

(C) 產品的耐用度

(D) 保固期長短

....

問題的關鍵字Velshi先生，他所寫的第二篇文章中，第一段第1~3行寫有so I was skeptical that Kannais Electronics could offer anything truly different—regardless of the consumer survey on this product「我一開始很懷疑Kannais電子能否提供不一樣的體驗——先不論這項產品的消費者調查結果為何」。

此處的consumer survey「消費者調查」其相關資料寫於第一篇文章中。由第一篇文章開頭的Voted #3 in functionality in consumer survey at Zsconsumertech.com.「Zsconsumertech.com.消費者票選功能性第三名」即可得知Velshi先生懷疑的是functionality。因此答案選擇(B)。

| 問題29 | (相互參照題)

下一個版本的手錶會有哪些不同？

(A) 風格會更加時尚。

(B) 平均零售成本會降低。

(C) 品牌會更加努力行銷。

(D) 品管會更加嚴格。

本題必須參照三篇文章，比起其他問題更加費時。

關於the next version of the watch「下一個版本的手錶」的資訊寫於Kannai電子的負責人寄送給評論作者Velishi先生的電子郵件（第三篇文章），當中的第3~6行As you know, we are continually improving the watch in all areas. The KS700-2 version will certainly not have the problem that you mentioned.「如您所知，我們持續地對手錶的各處進行改善。KS700-2版本的商品絕不會再出現您所提及的問題」。

第二篇文章中Velishi先生的問題則寫在第三段的第5~6行Even so, the partnership with Hemani Zone did not really make the watch distinct in any way.「但與Hemani Zone的合作，並沒有使產品有區別性」，而與Hemani Zone公司合作的相關資訊寫於第一篇文章倒數第3行Styles created in partnership with Hermani Zone, Inc., makers of fine jewelry「造型由高級珠寶商Hemani Zone共同設計」。

也就是說，對「與高級珠寶商共同設計的造型」批評的內容並沒有特別寫出，而是手錶的業者直接回答會進行改良，因此答案為(A)。

同義詞題

電子郵件第一段第10行的「expectations」與何者意思最相近？

(A) 規定
(B) 計畫
(C) 估計
(D) 參考文獻

　　此題為同義詞題型。這裡的expectations是「預期」的意思，選項中與此最箱進的詞為(C)的estimations「估計」。

註釋

vote（投票決定）	functionality（機能）
consumer survey（消費者調查）	surf（上網瀏覽）
usage（使用、用法）	compatible（相容的）
warranty（保證書）	internal component（內部零件）
skeptical（懷疑的、持懷疑態度的）	
regardless of...（不管、不顧）	
reasonable（合情理的、公平的）	further（進一步地）
justify（為……辯護）	confess（坦白、承認）
treat（對待）	roughly（粗糙地、粗暴地）
immerse（沉浸、使深陷於）	relatively（相對地）
distinct（有區別的、明確的）	especially（特別）
public relations（公關）	feature（特徵、特色）
criticism（批判、批評）	improve（改進、改善）
certainly（必定、確實）	complimentary（贈送的）
innovative（創新的）	exceed（超出、勝過）
expectation（預期）	

durability（耐久性）　　　　　length（期間）
strict（嚴格的）

Questions 31-35 refer to the following form, survey, and e-mail.

Sarpe Mountain Office Supplies, Inc.

280 Mountain Road, Va. 18022

Purchase Order: Please present this to staff at the checkout counter

*Date: February 21
*Name: Chai Ling Ho
*Address: 92 Tisdale Avenue
E-Mail: clho@sillonmail.com
Home Phone: None
Mobile Phone: 402-555-6714

*required

Product(s) or service(s) to be purchased:

Stationery (paper, pens etc.)

Item	Quantity
Printer paper	2 boxes

Furniture (table, chairs, desks etc.)

Item	Quantity
Desk lamp	1 unit

Office equipment (fax machines, computers, photocopiers etc.)

Item	Quantity

Please use additional space here to detail purchase, if necessary:

Sarpe Mountain Office Supplies, Inc.

www.sarpemountainsupplies.net

Thank you for participating in our online survey. Please take a few minutes to share with us the following:

Did you interact with any of our customer representatives?   Yes [X] No [ ]

If yes, please answer the following:

Who assisted you with your in-store purchase?
Customer representative: Lisa

Please rate the level of service you received on a scale of 1 to 10, with 1 being the lowest and 10 being the highest.

Your rating: 9

Comments:
Store staff were exceptionally friendly and helpful, guiding me to pick out the perfect brands for my needs.

Would you recommend this store to a friend, colleague or family member?
Yes [X] No [ ]

Other Comments:
The Xani 6000 Combination Fax, Printer and Scanner is one of the most popular brands on the market. I went to your store looking for it, but was told that it was sold out, and that I would have to wait 4-5 days for new ones to arrive. I could not wait that long, so I just went home and bought it online from Gzant Electronics. I think that your company should have had abundant supplies of such an obviously popular product.

May we contact you by e-mail with further questions?   Yes [X] No [ ]

To:	Chai Ling Ho <clho@sillonmail.com>
From:	Sarpe Mountain Office Supplies, Inc. <info@sarpemountainsupplies.net>
Date:	February 24
Subject:	Your survey
Attachment:	📎 coupon

Dear Ms. Ho,

Thank you for completing the customer survey on our store. Feedback like yours helps us better respond to current and emerging customer needs. Also, we appreciate the 9-star rating that you provided. It might interest you to know that we received an award from Best E-Tech Magazine in that area.

More importantly, though, we want to apologize for the problem that you listed on your form. We are committed to improving our systems related to your complaint in order to better serve our customers.

As a small token of our appreciation for your continued patronage, we offer you a coupon for $3 off your next purchase. Please click the attachment on this e-mail to download it.

We hope to see you in one of our stores again soon.

Yours sincerely,
Benjamin Travis

31. For whom is the survey most likely intended?

(A) Employees of a mall

(B) Production line supervisors

(C) Shoppers looking for work items

(D) Analysts of the retail industry

32. What information is NOT requested for on the form?

(A) Individual contact details

(B) Total cost of a purchase

(C) Number of items

(D) Product description

33. What did Sarpe Mountain Office Supplies, Inc. receive an award for?

(A) Everyday low prices

(B) Good customer service

(C) Wide product brand selection

(D) Exceptionally fast delivery

34. What is the company committed to doing?

(A) Ensuring that items are in stock

(B) Improving its printer warranties

(C) Hiring more skilled staff

(D) Using advanced computer systems

35. What is attached to the e-mail?

(A) A sale schedule

(B) A business map

(C) A discount ticket

(D) A store rating survey

問題31～35請見以下表格、問券調查及電子郵件。

Sarpe Mountain 辦公用品公司
280 Mountain Road, Va. 18022

訂購表：請將此表交給收銀台的工作人員

＊日期：2月21日
＊姓名：Chai Ling Ho
＊地址：92 Tisdale Avenue
電子郵件：clho@sillonmail.com
電話：無
手機：402-555-6714

第32題的提示

＊為必填

欲購買商品、服務

第32題的提示

文具（紙、筆等）

品項	數量
紙	兩箱

傢俱（桌子、椅子、辦公桌等）

品項	數量
檯燈	一盞

辦公設備（傳真機、電腦、影印機等）

品項	數量

若有需要，請使用此空白處詳述購買資訊

Sarpe Mountain 辦公用品公司
www.sarpemountainsupplies.net

第31題的提示

感謝您參加線上問卷調查。請花點時間跟我們分享以下資訊：

您是否曾經與本公司的客服代表互動過？　有[X]　無[ ]

如果有，請接著回答以下問題：

在店內消費時，是哪位工作人員協助你的？
客服代表：Lisa

請以1到10評分您接受到的服務，1分為最低分，10分為最高分。

第33題的提示

評分：9分

評論：
店內工作人員特別友善及樂於幫忙，引導我找到最適合的品牌。

您是否會推薦本店給您的朋友、同事或家人？
是[X]　否[ ]

其他留言：
Xani 6000傳真、列印、掃描三合一多功能事務機是市場上最熱門的品牌之一。我前往貴店找這台機器時，店員告訴我已售完，我必須等待4~5日才會有貨。我無法等這麼多天，所以我只好回到家，並從Gzant電子的網站訂購同款商品。我認為如此知名的熱銷產品，貴店應該要準備充足的庫存。

第34題的提示

我們是否能透過電子郵件聯絡您回答進一步的問題？
是[X]　否[ ]

Ch1 針對「各種題型」的 100%解題技巧超攻略！

Ch2 針對「不同發問模式」的 100%解題技巧超攻略！

Ch3 馬上小試身手！ 試著做簡單的題目吧！

Ch4 再來挑戰稍微 有點難度的題目！

Ch5 最後挑戰 迷你模擬考！

收件者：	Chai Ling Ho＜clho@sillonmail.com＞
寄件者：	Sarpe Mountain Office Supplies, Inc. ＜info@sarpemountainsupplies.net＞
日期：	2月24日
主旨：	您的問卷
附件：	∅ 折價券

親愛的Ho小姐：

謝謝您完成本店的顧客問卷調查。您的回饋能幫助我們對近期新興的顧客需求做出更好的反應。且也感激您給予我們 9 顆星的評分。順帶一提，Best E-Tech雜誌也給予本店最佳顧客服務獎的肯定。

↖ 第33題的提示

然而，更重要的是，我們想對您在表單中列出的問題致上歉意。本店承諾改善公司體系中使您感到不滿的相關事項，以提供更佳的服務給顧客。

↖ 第34題的提示

為感謝您對本店的支持。作為一點小心意，我們提供您可於下次消費使用的3元折價券。請點選此電子郵件內的附件下載。

↖ 第35題的提示

我們衷心期盼很快能與您在任何一家分店內再度相見。

敬啟
Benjamin Travis

身歷其境模擬考閱讀練習 ❽ 的答案與詳解

解答 31.(C)　32.(B)　33.(B)　34.(A)　35.(C)

詳解

| 問題31 |

此問卷調查最有可能適用於誰？

(A) 購物中心的員工

(B) 生產線管理人

(C) 購買辦公用品的客人

(D) 零售業的分析師

問題中出現了the survey「問卷調查」，所以要閱讀第二篇文章（問卷調查）。文章中寫有Thank you for participating in our online survey.「感謝您參加線上問卷調查」以禮貌用語開頭，而第三句句子為Did you interact with any of customer representatives?「您是否曾經與本公司的客服代表互動過？」客服代表接待的是顧客，因此可以推測這篇問卷調查是針對顧客所製。

另外，問卷最上方寫有公司名稱，便能從由此處得知這間公司販賣的是辦公用品。

這時我們就能推測這篇問卷調查是由辦公用品公司向顧客提出，因此得出(C)為正確解答。選項(C)將office supplies替換成work items了。

關於表格需要填寫的資訊，哪一項是錯誤的？

(A) 詳細個人聯絡方式

(B) 購物總金額

(C) 商品數量

(D) 商品說明

此題為NOT題型。問題中寫有on the form，因此我們必須一面確認第一篇文章（表格）內容，一面依序刪去表格中提到的內容，並藉此得出正確答案。

(A)的詳細聯絡資訊寫於表格上方的姓名、電話、地址及電子郵件。(C)（購買）商品數量寫於Product(s) or service(s) to be purchased下方表格中的Quantity「數量」欄位。(D)商品說明則寫在表格中的Item「商品」欄。

而表格中並沒有要求填入合計金額，因此(B)為正確答案。

Sarpe Mountain辦公用品公司曾獲得什麼獎項？

(A) 每日最低價格

(B) 優良的顧客服務

(C) 多樣的產品品牌選擇

(D) 特別快速的寄送速度

電子郵件第一段第4~5行的It might interest you to know that we received an award from Best E-Tech Magazine in that area.「順帶一提，Best E-Tech雜誌也給予本店最佳顧客服務獎的肯定。」敘述了與得獎箱關的資訊。前一句句子內容為we appreciate the 9-star rating that you provided.「感激您給予我們 9 顆星的評分」，由此可推測出得獎的獎項與Chai Ling Ho小姐給予9顆星評價的項目應有所關聯。

　　問卷調查中，關於評分9分的資訊寫在Customer Representatives處。顧客於「您是否曾經與本公司的客服代表互動過？」問題處畫記了「是」，接著給了9分，可得出正確答案為(B)。

| 問題34 |　相互參照題

這間公司承諾要做些什麼？

(A) 確保商品保有庫存
(B) 改善影印機的保固
(C) 雇用更有能力的工作人員
(D) 使用進階電腦系統

　　電子郵件第二段第2~3行處寫有We are committed to improving our systems related to your complaint「本店承諾改善公司體系使您感到不滿的相關事項」。

　　Chai Ling Ho小姐提出的客訴內容則寫在第二篇文章的「其他留言」處。其內容為your company should have had abundant supplies of such an obviously popular product.「如此知名的熱銷產品，貴店應該要準備充足的庫存」，由此可知此公司正致力於(A)「確保商品保有庫存」

| 問題35 |

電子郵件的附件為何？

(A) 特價預定表
(B) 店家地圖

(C) 折價券
(D) 商店評分調查表

　　本題問的是電子郵件中的附件為何，所以必須確認該電子郵件內容。郵件第三段寫有As a small token of our appreciation for your continued patronage, we offer you a coupon for \$3 off your next purchase. Please click the attachment on this e-mail to download it.「為感謝您對本店的支持。作為一點小心意，我們提供您可於下次消費使用的3元折價券。請點選此電子郵件內的附件下載」，由此可得知正確答案為(C)。選項(C)將coupon改以discount ticket表達。

註釋

form（表格）	survey（調查）
office supply（辦公用品）	purchase（購買）
required（必須的）	stationery（文具）
quantity（量、數量）	furniture（傢俱）
office equipment（辦公設備）	
photocopier（影印機）	
participate（參加）	interact（互動）
customer representative（顧客代理）	
exceptionally（特殊地、例外地）	colleague（同事）
abundant（充足的）	obviously（明顯地、顯然地）
complete（完成）	current（當前的、現時的）
emerging（新興的）	appreciate（感謝、感激）
apologize（道歉、認錯）	
be committed to...（致力於……）	
improve（改進、改善）	complaint（抱怨、抗議）
token（象徵、心意）	patronage（惠顧、光顧）
attachment（附件）	

supervisor（監督人、管理人）　retail（零售）

individual（個人的、個別的）　description（敘述）

ensure（保證、擔保）　warranty（保證書）

hire（僱用）　advanced（高級的、高等的）

辛苦了！
正式上場也
一定會
有很棒的表現！

原來如此 系列 *E189*

中村澄子老師的新制TOEIC 閱讀：
單篇閱讀、多篇閱讀100%取分超攻略！

有了這本多益閱讀考題高分秘笈，就算考試改制也不需擔心！

作　　者	中村澄子（なかむら・すみこ）◎著
譯　　者	黃均亭
顧　　問	曾文旭
總 編 輯	王毓芳
編輯統籌	耿文國、黃璽宇
主　　編	吳靜宜
執行主編	姜怡安
執行編輯	黃筠婷、陳其玲
美術編輯	王桂芳、張嘉容
法律顧問	北辰著作權事務所　蕭雄淋律師、幸秋妙律師

初　　版	2018年07月
出　　版	捷徑文化出版事業有限公司
電　　話	（02）2752-5618
傳　　真	（02）2752-5619
地　　址	106 台北市大安區忠孝東路四段250號11樓-1

定　　價	新台幣360元／港幣120元
產品內容	1書

總 經 銷	采舍國際有限公司
地　　址	235 新北市中和區中山路二段366巷10號3樓
電　　話	（02）8245-8786
傳　　真	（02）8245-8718

港澳地區總經銷　和平圖書有限公司	
地　　址	香港柴灣嘉業街12號百樂門大廈17樓
電　　話	（852）2804-6687
傳　　真	（852）2804-6409

★本書部分圖片由Shutterstock、123RF提供

捷徑 Book站

國家圖書館出版品預行編目資料

中村澄子老師的新制TOEIC閱讀：單篇閱讀、多
篇閱讀100%取分超攻略！ / 中村澄子著；黃均亭
翻譯. -- 初版. -- 臺北市：捷徑文化, 2018.07
　面；　　公分（原來如此：E189）
ISBN 978-957-8904-23-1(平裝)

1. 多益測驗

805.1895　　　　　　　　　　　　107003466

本書如有缺頁、破損或倒裝，
請寄回捷徑文化出版社更換。
106 台北市大安區忠孝東路四段250號11樓之1
編輯部收

【版權所有　翻印必究】